探偵は
もう、
死んでいる
8
JN088322

誕生日パーティ

聖夜

「あーした天気になあれ！」

調律者 LEVELER

《名探偵》　**夏凪渚**
あらゆる《世界の危機》に対して、その調査及び解決の任を背負う。前任者はシエスタ、前々任者はダニー・ブライアント。

《暗殺者》　**加瀬風靡**
直接《世界の敵》と交戦することもあれば、裏に回って汚れ仕事を引き受けることも多い。殉職率が高い役職の一つ。

《吸血鬼》　**スカーレット**
ある特定の使命のみを引き受けている特別な役職。純粋な戦闘力はすべての《調律者》の中で最も高い。

《巫女》　**ミア・ウィットロック**
未来視の能力により災厄を予言し《聖典》に記録している。他の《調律者》のサポートに回ることが多い。

《発明家》　**スティーブン・ブルーフィールド**
他の《調律者》に対する武器の提供、および未知の《世界の危機》を防ぐような技術的特異点の研究をしている。

《革命家》　**妖華姫**
世界各国の政《まつりごと》に関与し、人知れず裏側から世界のバランスを保つ。前任者はフリッツ・スチュワート。

《名優》　**フルフェイス**
超常的な身体能力を用いて《世界の敵》と直接交戦することが多い。普段、表舞台にも立つ者がこの役職を継承する。

《執行人》　**ダグラス・亜門**
表の世界で裁けない咎人を秘密裏に処分する任を受けていた。殉職後、役職自体が凍結している。

《魔法少女》　**リローデッド**
あらゆる《世界の敵》と戦い続ける任を背負う。元は《魔術師》という役職名だったが、現職者の希望により変更。

《情報屋》　**ブルーノ・ベルモンド**
ありあまる知識を活かし、他の《調律者》を補佐する。《調律者》としての在任期間は他の誰よりも長い。

《黒服》　**???**
構成員は世界各地に無限におり、他の《調律者》が自由に使える運び屋や調査員のような幅広い役割をこなす。

《怪盗》　**アルセーヌ**
かつて正義の使命を担っていたはずだった反逆者。《聖典》を盗んだ罪により投獄されてたが脱獄後、行方不明。

※《[redacted]暦》18年12月時点における《調律者》

探偵はもう、死んでいる。8

二語十

MF文庫J

ContentS

口絵・本文イラスト●うみぼうず

【未来から贈るプロローグ】

「これがおじい様の書斎から見つかったものです」

昼下がりの白銀《しろがね》探偵事務所。客人であるノエル・ド・ループワイズはメモの切れ端を差し出した。対面に座る俺、シエスタ、渚《なぎさ》は紙に書かれた文字列に視線を落とす。そこには漢字四文字とフリガナでこう記されていた。

『虚空暦録《アカシックレコード》』

俺たち三人は誰からともなく顔を見合わせる。

「他にも書斎から出てきたメモは十数枚。ですがそのどれもに、世界各国の言語でこれと同じ意味と思われる単語が記されていました」

ノエルはそう言って、鞄《かばん》から取り出した紙を何枚も広げてみせる。読めない言語も多いが、そこに書かれているのはすべてアカシックレコードにあたる言葉なのだろう。

「これを書いたのはブルーノなんだな？」

俺が訊《き》くとノエルは「恐らくは」と頷《うなず》いた。

ノエルがブルーノ亡き後、彼の住んでいた屋敷を整理している中でそれを見つけたと連絡してきたのは、今から一週間前のことだった。ノエルは実際にそのメモを俺たちに見てほしいと言い、急遽《きゆうきよ》フランスからこの事務所を訪ねてきていた。

「今この世界はおかしくなっている」

探偵シエスタが紅茶を一口飲んで続ける。

「世界の知たるブルーノさんは、生涯最後の賭けを通して私たちにそれを伝えた」

約二週間前、《大災厄》収束から一年を迎えて開かれた《聖還の儀》という名の平和の式典。しかしそこでブルーノは《未踏の聖域》《アナザーエデン》の住人を騙《かた》って、《連邦政府》やこの世界に対して叛逆《はんぎゃく》を起こした。

彼が最期、俺に語った犯行動機は一つ――平和というぬるま湯に浸かった人類に対しての警告。ブルーノは言っていた、この世界はなにか大切なことを忘れたままであると。彼は死の間際、近いうちに必ず起きるという危機を予言していたのだ。

そして俺、シエスタ、渚《なぎさ》の三人はその事件以降、独自に情報を集めながら調査を進めていた。一体今、世界になにが起きようとしているのかと。

「このメモがそのヒント、なんだよね」

もう一人の探偵、渚がブルーノ・ベルモンドの残した遺産を見つめる。アカシックレコードとは、あの式典でブルーノが口にしていた謎のワードだ。だが俺がそれに首をかしげると、ブルーノは絶望したような表情を浮かべていた。

「アカシックレコードとは恐らく、俺たちは知っていなければならない言葉だったんだ」

なのに、忘れた。俺だけじゃない、探偵たちも含めて全員が。

それにブルーノはあの日、他にも幾つか俺に質問を重ね、認識のずれを確認していたように見えた。たとえば「特異点なる言葉の意味」や「調律者の人数」について。

「まさか、世界中の人間の記憶が書き換えられたってこと？」

渚が半信半疑で訊《き》くとシエスタは、

「もしかしたら、そんな単純な話じゃないのかも」

さらに状況は悪い可能性があると指摘する。

「もしも記憶が失われただけなら、なにかしらの資料を参照すればそれで済むはず。だけど世界中を探しても、そんな紙の資料や電子データすら残っていないとしたら？」

「……まさか、そんなバカなことがあるのか」

人の記憶だけじゃなく、世界の記録そのものが書き換えられているとでも？

「ブルーノさんはなんらかの方法を使って、失われた記録の一部を復元したのかもしれない。それこそ彼の全知を駆使して」

その復元した一欠片《ひとかけら》のデータこそがこの数文字のメモだというのだろうか。

「辞書で調べてみる？」

すると渚が分厚い辞書を持ってきて、目の前のテーブルで開いた。

「えっと、アカシックレコードとは？　宇宙や天地の開闢《かいびゃく》以来あらゆる事象が記録されている世界記憶の概念のこと。……うーん、なるほど！」

「めちゃくちゃアホっぽいぞ」

俺がツッコむと渚《なぎさ》は「……う」とバツが悪そうな顔をしてシエスタに助けを求める。

「私も言葉の意味ぐらいは知ってたけどね」

「すぐマウント取ってくる！」

渚は不満げにシエスタの身体《からだ》をぶんぶんと揺らす。

「でもきっとブルーノさんが言いたかったのは、そういうことじゃない」

シエスタは渚をよしよしといなしながら、改めてブルーノが残したメモに目を落とす。

「《虚空暦録《アカシックレコード》》には辞書に記載された通りじゃない、特別な意味があったんだと思う」

シエスタが仮説を立て、沈黙が流れる。

俺たちは……世界は、一体なにを忘れているというのか。

「おじい様は、託されたのだと思います。皆様に」

顔を上げたノエルは対面の俺たちを見て、それから彼女が座るソファの空いた隣を一瞥《いちべつ》した。

「約一ヶ月前、おじい様はここに座っておられました。あの時、確信的なことは言わなかった。けれど、おじい様がここに足を運び、皆様に直接顔をお見せになったのはきっと、依頼をしたかったからです。おじい様はこの探偵事務所に依頼人として来られたのです」

ノエルに言われて、ブルーノが突然やって来た日のことを思い出す。

あの日ブルーノは己の死期を悟りながらも、一万キロもの海と陸を渡って探偵に会いに来たのだ。間もなく訪れる、誰も知らない世界の危機に気付いてくれと。

「おじい様に代わって、今わたしも改めてお願いします。どうか皆様、世界を救ってください」

頭を下げるノエル。シエスタと渚は顔を見合わせ、大きく頷《うなず》いた。俺はそれを見てノエルに顔を上げさせる。

「まずは問題の把握だな」

世界を救うと言っても、俺たちは具体的になにを解決するべきなのか。まずはその対象をハッキリさせなければならない。

「とりあえず今起きている問題としては、俺たちが《虚空暦録》なるものを忘れているらしいということだな。しかもそれはすなわち世界全体の記録の書き換えと繋《つな》がっている可能性がある、と」

後半は今のところシエスタの仮説段階だが。

「一旦、5W1Hで考えてみようか」

するとそのシエスタがそんな提案をする。最初はそれぐらい分かりやすい方がいいか。

「Whatに関してはそのまま、私たちが《虚空暦録》を忘れているということ。あとはWhen、Where、Who、Why、How」

「じゃあ、まずWhenから？　でも『いつ』あたしたちが《虚空歴録《アカシックレコード》》を忘れたのかは分からないよね？」

忘れていたことすら気付かなかったんだから、と渚《なぎさ》が言う。

「そうだね。次にWhereだけど『どこで』忘れたのかは多分、特定の場所じゃないはず。世界中の人間がどこか一ヵ所に集められたはずはないから」

シエスタも一つ一つ、現行の問題を整理していく。あとは『誰が』『なぜ』『どのようにして』世界中からアカシックレコードの記憶と記録を喪失させたか、だ。

「『誰が』忘れさせたのかは《連邦政府《わたしたち》》の関係者である可能性も十分あると思います」

するとノエルが身内を疑う。だが事実、ブルーノが最期に《連邦政府》と敵対していた以上、そういう見方はできるだろう。

「だとすると『なぜ』の部分も《連邦政府》が絡んでいるのか？　たとえば、俺たちが《虚空暦録》の記憶を所持していると彼らにとってなにかしらの不都合が生じるために、その記憶を奪った、だとか」

「もしそうだとすると『どのようにして』政府は、わたしたちの《虚空歴録》にまつわる記憶を奪ったのでしょうか？」

政府関係者であるはずのノエルも考え込むように眉根を寄せる。彼女は高官クラスではなく、知らされていない機密情報も多いという。世界中の人間の特定の記憶だけを奪う方法、そんなものが果たしてあるのだろうか。

「やっぱりもう一度、最初から考えてみようか。『いつ』私たちの記憶や世界の記録はずれ始めたのか。それを検証してみよう」

シエスタは言いながらソファから立ち上がる。

「具体的にはどうやるんだ？」

「それはもちろん、昔話なんかをお喋《しゃべ》りしながら」

間もなくシエスタは箱に入れたお菓子を持って戻ってくる。と、ノエルが反応する。

「わ、美味《おい》しそうです」

「ぬれおかきだよ」

「日本のお菓子、興味あります」

急に緩いやりとりが始まったな。

「じゃあお茶だねー」

そして渚まで台所に緑茶を淹《い》れに行く。ここ、探偵事務所だよな？

「でも、私たちは昔から大体こうでしょ？」

苦笑していた俺にシエスタが微笑《ほほえ》みかける。

「どんなに深刻で心配なことがあっても、暗くはならないようにしてた。軽口とティーブレイクだけは忘れなかった」

「……ああ、それもそうだったか」

今となっては七年前。シエスタに世界放浪の旅へ連れ出され、数多くの事件を共に解決した。ジョークを飛ばし合い、ショートケーキの甘さを紅茶で引き立てながら。

やがて渚《なぎさ》が持ってきたお茶を啜《すす》りながら、俺はノエルに気になっていたことを訊《き》いた。

「ところで、その木箱は一体なんなんだ？」

テーブル上にはさっきから、ノエルが持ってきた桐の箱のようなものが置かれている。手土産というわけでもなさそうだ。

「折を見て話そうと思っていたのですが、実はこれもおじい様がわたし宛に遺《のこ》していたもののようです。箱の中には私が子供の頃に好きだった絵本が入っていると。ですが……」

困惑の表情でノエルが箱を開ける。中に入っていたのは、青銅色をした小さな三角錐《さんかくすい》の……オブジェ？　随分古い祭具のようにも見えるが。

「どこかの国の土産品か？」

「分かりません。渡す箱を間違えたのかも、とすら思ったのですが」

……それはどうだろうな。あのブルーノが間違えた、というのは考えにくい気もする。

「手に取ってみても？」

シエスタがノエルに断りを入れ、青銅色の謎の物質に手を触れる。持ち上げてみたり色々な角度から覗《のぞ》いてみたり、そうしながら、材質やいつ作られたものなのかという仮説未満をブツブツと呟《つぶや》く。

それから祭具のようなそれは渚の手に移り、やがて俺のもとにも回ってきた。指先に伝わる硬く冷たい感触。一体これはなんなのか。

「………」

ふとその時、ある記憶が頭をよぎった。

そのまま、しばらく固まっていた俺を見て他の三人は首をかしげる。

「悪い、昔話をするんだったよな」

俺はそう言って話を元に戻す。いつ俺たちの記憶がずれ始めたのか。なぜアカシックレコードや特異点やそれ以外のことも忘れてしまったのか。そのヒントを過去から探るために記憶を辿《たど》るのだ。

「けど、昔を思い出すとしてもどこから？　やっぱりあの《大災厄》とか？」

渚が湯呑《ゆの》みを置きながらそう提案する。

「うーん、もう少し前からでもいいかもしれない。それこそ、私が眠っていた時とか」

するとシエスタは二年前の日々のことを口にする。

無論その頃の話はシエスタが目覚めてから、彼女自身に語り聞かせたこともある。だが今日のこの話し合いを踏まえるとなにか新たな発見があるかもしれないと、シエスタはそう考えているのだろう。俺もそれには賛成だった。

「じゃあ、やっぱりあの話からじゃない？」

と、渚《なぎさ》がなぜかジト目で俺を見つめてくる。

「ほら、君彦《きみひこ》が浮気をしてた頃の話」

「ひどい言いがかりだ」

まあ、渚がなにを言いたいかは分かったが。

「兄さんの浮気話ですか、面白そうです」

「ノエル、その呼び方は禁止だと言わなかったか？」

「へえ、助手の浮気話。すごく興味ある」

「シエスタ、マスケット銃を磨くな」

だが奇《く》しくも今、自分が話すべきだと思ったエピソードはまさにそれだった。俺は例の祭具のようなオブジェクトから手を離し、今から約二年前のあの頃の出来事を思い出す。

「これはシードを倒し、そしてシエスタが眠りに就いてから三ヶ月後の話だ」

今から始まるのは《虚空暦録《アカシックレコード》》の手掛かりを探る過去への旅だった。

【第一章】

◆今日の主役はわたしです

「唯《ゆい》ちゃん、誕生日おめでとう～！」

夏凪《なつなぎ》の掛け声と共に幾つかのクラッカーが鳴り、次いでぱちぱちと拍手が室内に響く。

「へへ、ありがとうございます！」

斎川《さいかわ》邸の豪華絢爛《ごうかけんらん》なダイニング。本日の主役である斎川唯は、ホールケーキを前に満開の笑みを浮かべる。

「ほら、ユイ。ろうそく、フーって」

そして隣に座るシャルに促されて、斎川は大きなケーキに載った十五本のろうそくの火を吹き消す。斎川唯、十五歳の誕生日だった。

「まさか本当に皆さんにお祝いしてもらえるとは、嬉《うれ》しいです」

斎川はなにかを噛《か》み締《し》めるように、きゅっと胸の前で手を握る。

「誕生日パーティーをやるって約束だったからな。まあ、一日遅れにはなったが」

今から三ヶ月ほど前、とある用事でシンガポールをこの四人で訪れた時にそういう話をしていたのだった。そして今日――クリスマスイブでもある十二月二十四日に、その誕生日会が斎川《さいかわ》邸で実現していた。

「昨日は生誕祭ライブでファンの皆さんに祝っていただいて、今日は渚《なぎさ》さんにシャルさんに君塚《きみづか》さんが来てくれて、これはもう毎日を誕生日にするしかないですね！」

斎川は、夏凪《なつなぎ》やシャルが切り分けるケーキを見ながら嬉《うれ》しそうに足をバタバタさせる。

「毎日が誕生日だとあっという間におばあさんになるぞ？」

「大丈夫ですよ、君塚さん。アイドルは十八歳以降、歳《とし》を取らないので！」

謎理論でピースをしてくる斎川。大人になってもこの元気と愛嬌《あいきょう》と少しの生意気さは残っていてほしいものだ。

それから四人でケーキを食べていると夏凪が「あ、そうだ」とリュックからごそごそとなにかを取り出した。

「唯《ゆい》ちゃん、これ。誕生日プレゼント！」

「あ、ワタシも。なにがいいのか、あんまり分からなかったけど」

夏凪に加えて遠慮気味なシャルも、ラッピングされたプレゼントを斎川に手渡した。中から出てきたのはそれぞれマグカップと数種類の髪留め。斎川はそれらを両手に、ぱあっと顔を明るくする。

「今使います！　渚さんがくれたカップでカフェオレを飲みながら、シャルさんがくれた髪留めをしてパーティーを続行します！」

そう言うとすぐさま、お付きのメイドたちがシュババッと手際よく、斎川が望む通りのシチュエーションを作り出す。新しいシュシュでポニーテールになった斎川は、ご機嫌でカフェオレを口にした。

「だから大丈夫って言ったでしょ？」

ホッと胸を撫《な》で下《お》ろしているシャルに夏凪が言う。どうやら二人は一緒に斎川のプレゼントを選んだらしい。ちなみに俺はその会に呼ばれていない。

「それで、その、ちなみに君塚さんは？」

斎川の視線がちらちらと俺に向く。

あまり期待をされても困るのだが……俺は鞄《かばん》から小さな包みを取り出した。

「海外の小説、ですか？　まさか君塚さんがこんな真っ当なプレゼントを」

「翻訳版だから問題なく読めるぞ。あと今日一の驚きをこんなところで見せるな」

斎川はくすっと笑いながら「嬉しいです」とその本を胸に抱き締めた。

「そういえばキミヅカ、マームとそういうのやってたわね」

と、シャルが過去を思い出すように頬杖《ほおづえ》をつく。

「お互いに本とか映画のＤＶＤを貸し借りして、それで感想を語り合うみたいなの」

「ああ、シエスタの提案でな。芸術は鑑賞者の数だけ答えがあるから、同じ物を見て批評し合うことで解釈が深まっていくんだと」

まあ、その結果新しい学びを得るのは俺ばかりだったような気もするが。

「なるほど、どうりでこの本から昔の女性の影を感じるわけです」

「誤解を招く表現はやめろ、斎川《さいかわ》。シエスタは別に俺の昔の……そういうんじゃない」

「昔じゃなくて今の女なんだ……」

「なんで夏凪《なつなぎ》が落ち込むんだよ」

そもそも俺とシエスタが一度だってそういう関係になったことがないことは、誰の目にも明らかである。俺は一人うんうんと頷《うなず》きながらケーキを口にする。

「やけに甘いな」

急ぎカップを手に取り、コーヒーの苦さで中和した。

「本当は、そのシエスタさんもここにいてくれたらどれだけ良かったでしょう」

ふと斎川が手元を見つめながらそう零《こぼ》した。

「……あ、すみません。わたし、言わなくていいことを」

斎川は慌てて撤回しつつ、しゅんと肩を落とす。

「なに、ユイはワタシたちだけじゃ不満？」

すると、空気を察したシャルが冗談めかして斎川の肩をつついた。さらには夏凪も。

「大丈夫。来年の唯《ゆい》ちゃんの誕生日には……必ず」

「……はい！」

シャルと夏凪が微笑《ほほえ》み、斎川も元気を取り戻したように顔を上げた。

「でも、あれからもう三ヶ月と思うと早いですね」

斎川の言う「あれから」とは、シンガポールの件だろう。《連邦政府》からの招集を受け、ここにいる四人で出掛けたのが今から約三ヶ月前のこと。そこで俺と夏凪は、政府高官であるアイスドールと会うことになった。そこで行われた会談の内容は——

「まさかアナタが本当に《名探偵》になるなんてね」

シャルが少しだけ口元を緩めて夏凪を見つめる。

そう、三ヶ月前、夏凪はアイスドールから正式に《調律者》の一人として認定されたのだ。シエスタの《名探偵》という役職は今、夏凪渚《なぎさ》が担っている。

「あたしがこうなったこと、本当のところシャルはどう思ってる？」

夏凪とシャル、二人の出会いは最悪だった。豪華客船ツアーで出くわした二人。当時、シエスタの遺志を継ぐと宣言した夏凪に対して、シャルは強い難色を示していたのだ。

しかし、今は。

「前にも言わなかった？　今のワタシは、アナタを誇りに思ってる」

あれから多くの危機を共にくぐり抜け、時には文字通り自らの命すらも賭けて戦った夏凪に、シャルはエージェントとして最大限の敬意を示していた。

「……そっか。へへ、そっかそっか」

夏凪《なつなぎ》はニッと微笑《ほほえ》むと正面に座るシャルに手を伸ばし、頬を指でつっこうとする。

やめなさいな、と身を捩《よじ》るシャルだが本気で嫌がっている様子はない。

「君塚《きみづか》さん、なんだか綺麗《きれい》な百合《ゆり》の花が咲いている気がします」

「仲がいいのはいいことだ」

俺はその間もしゃもしゃとケーキを食べるが、やはりやけに甘い味が口に広がった。

「ま、でも《名探偵》になってから新しい仕事はまだしてないんだけどね」

夏凪は若干ばつが悪そうに肩を竦《すく》める。

四ヶ月前、《原初の種《シード》》という危機が去ってから……また夏凪が《名探偵》になってから、今のところ彼女に新しい使命は与えられていなかった。逆に言えば、《調律者》が駆り出されるほどの危機が起きていないとも言えるのかもしれないが。

「やっぱり飾り物って思われてるのかな。とりあえず空位になった《名探偵》にあたしを置いておこうって」

だが納得がいっていないらしい夏凪は頬を膨らませている。

「でも昔、ノーチェスさんだって言っていませんでした？　次期《名探偵》には渚《なぎさ》さんが使命されるはずだって。だからそんな、飾りだなんて……」

「あの時はほら、まだあたしの中にはあの子もいたからさ？」

斎川《さいかわ》にそう説明する夏凪。彼女の言うあの子とは、ヘルのことだ。元《SPES《スペース》》の幹部であり、俺たちも彼女の強さには苦戦させられた。しかし夏凪の別人格であったヘルは、シードとの戦いを経てユグドラシルという大樹で眠りに就いた。

ゆえに今の夏凪には当時ほどの力は残っておらず、彼女はあくまでも普通の人間として《調律者》に任命されたのだ。

「アイスドールだってお前を《名探偵》と認めたわけだ。少しは自信を持っていいんじゃないか？」

「本当にそう思う？　あの仮面の下でなにを思ってたか分からないよ」

夏凪はあの氷の人形のような高官を思い出すようにこう口にする。

「多分、きっとあたしを《名探偵》にしたことには意味があるんだ」

「アイスドールには裏が……企《たくら》みがあると？」

「推理未満の直感だけどね。でも仮になにか意図や隠していることがあったとして、それでもいつか彼女たちが《名探偵》に本気で助けを求めたくなるぐらいに、あたしは頑張って本物になる」

夏凪は精悍《せいかん》な顔つきで改めて宣言した。

「それで良かったのよね？」

するとシャルが最後にもう一度だけ夏凪に訊《き》く。

「マームの意思を継ぐだけじゃない。あなたの意思として、そう生きていくと決めたのよね？」

「うん、探偵代行じゃない。これがあたしの生き方だから」

夏凪《なつなぎ》が、短くなった髪の毛を耳にかける。そこから垣間見《かいまみ》える覚悟を孕《はら》んだ横顔。今、彼女の横にいられることがなにより誇りに思えた。

「そう、じゃあワタシも遠くで成功を祈っているわ」

シャルはふっと笑って紅茶を飲む。だが、彼女のその言い方はまるで……。

「実はまたしばらく日本を離れるの」

「エージェントの仕事か？」

「ええ、しばらく紛争地域に行ってくる」

それがシャーロット・有坂《ありさか》・アンダーソンの生き方であり、日常だ。これまでは同じ目的があって協力し合っていたが、共通の敵であった《SPES》《スペース》は倒れ、今俺たちとシャルが共にいる理由はなくなった。エージェントはまた別の戦場へ赴くのだ。

「なんでよりによってアナタがちょっとつまらなそうな顔するのよ」

いや、別に？

くだらない口喧嘩《くちげんか》をせずに済むようになるなと思っているだけだが？

「君塚《きみづか》さん、男のツンデレは流行《はや》りませんよ」

呆《あき》れた視線を向けてくる斎川《さいかわ》に俺は縋《すが》る。

「まさか斎川までどっかに行くとか言わないよな？」

「あはは、今のところは日本にいるつもりですけど。でもアイドル活動は少し休みがちだったので、これからはもっと頑張らないとです！」

確かに少し前まで斎川は《SPES》が絡む一連の事態に関わるあまり、アイドルとしての生活に大きな支障が出ていた。

けれど、もうこれからは。

「シャルにも唯《ゆい》ちゃんにもそれぞれ帰る場所があるんだから、あたしたちが引き留めちゃだめだよ」

夏凪が俺を優しく叱る。

俺たちの戦いには一つの区切りがついた。ここからは新しい門出だ。

――だけど。

「でも君塚さんのあの願いはわたしたち、誰も忘れていませんよ」

俺が心の中で言おうとしたことを、斎川がその青い慧眼《けいがん》で見抜いた。

気づけば夏凪もシャルも俺のことを見つめている。

「ああ、エピローグにはまだ早すぎる」

いつかその願いが叶《かな》う日が来るまで、俺たちの物語は終わらない。

◆聖夜のロストメモリー

それからもしばらくパーティーは続き、夜九時半を過ぎた頃に解散となった。斎川《さいかわ》を除いて各々が帰宅の途に就く中、俺はタクシーを拾って、まだギリギリ営業していた洋菓子店に立ち寄る。買ったのは苺《いちご》のショートケーキとモンブラン。その後、再び待たせていたタクシーに乗り込み、目的地へ向かう。

「はたから見たらとんでもない甘党だな」

さっきまで食べていたケーキの甘さを思い出しながら、後部座席で苦笑を漏らす。だが今俺には、どうしてもこのケーキを届けなければならない相手がいた。

そうして十分後。目的地に辿《たど》り着いた俺は、特別な許可を貰《もら》ってその建物へと入る。エレベーターを使って三階に。薄暗くも見慣れた廊下を歩き、一番奥の部屋の前に立つ。三回ノック、返事はない。それでもマナーとして俺はそうする。でないと、今このドアの向こうにいるあいつに怒られる気がするからだ。

スライドするドアを開け、俺は彼女の眠る病室に足を踏み入れた。

月明かりだけが白く光るその個室で、眠り姫はベッドに横になっている。なんとなく部屋の電気をつけるのは憚《はばか》られて、代わりに間接照明だけを灯《とも》した。

「眩《まぶ》しくないか？　シエスタ」

元《名探偵》シエスタ。一度は確かに死に別れ、その後、夏凪《なつなぎ》の決死の賭けにより数週間だけ目を覚まし、しかし再び眠りに就いた俺の元相棒。心臓に巣喰《く》う《種》の暴走を抑えるため、それでもいつか助かる術《すべ》が見つかることを信じて、シエスタはもう三ヶ月にわたってこの病室で眠り続けている。

「苺と栗《くり》、どっちがいい？」

俺は持ってきたケーキをベッド脇のテーブルへ置く。

今日は十二月二十四日、クリスマスイブ。シエスタは昔からこういう季節のイベントをなにより大事にするやつだった。だからせめて、ケーキぐらいは。

「またどっちも食べる、なんて言い出さないよな？　一つは俺にも分けてくれよ」

俺に返事は寄越《よこ》さず、シエスタは心地よさそうな寝息を立てる。やれ、こんなにも幸せそうに眠るやつがいるのか。

ふと枕元の棚を見ると、替えられたばかりと思われる花が飾ってある。おそらくはノーチェスが今日も見舞いに来て取り替えたものだろう。無論ノーチェスのことも斎川のパーティーには誘っていたが、彼女は先約があると言って断っていた。どうやらシエスタを一人にさせないためだったらしい。

先を越されていたか。だったら俺が来なくても別に淋《さび》しくはなかったか？

「どうなんだ、シエスタ」

やはり返事はない。だから今のシエスタがなにを考えているのかは分からない。それでも今日だけは、どうしても俺はここへ来なければならなかったのだ。

それは、今は昔、いつだったかのクリスマスの記憶があるからだ。


『おかえり、助手』


何年か前のクリスマスイブ。

その日の夜、拠点としていたホテルに帰ると、なぜか部屋がクリスマス仕様に飾り付けられていた。さらに。

『でも遅いよ。もう半分食べちゃった』

一人もぐもぐとホールケーキを食べていたシエスタは、赤い三角帽子《ぼうし》を被《かぶ》っていた。

『俺はお前に頼まれた仕事を代わりにこなしてきたんだが?』

半分どころか残り三分の一になったケーキを見ながら、当時の俺は嘆息した。

するとシエスタは『はい、これ』とラッピングされた包みを差し出してきたのだ。開けると中から出てきたのはハンカチ、どうやらクリスマスプレゼントというやつらしい。

『俺、なにも用意してないぞ』

『別に、君にそういうのは期待してないから』

さらりと言いのけるシエスタ。

俺への当たりが強いのはいつものこと。特段怒っている様子はなかった。

『せっかくのケーキだが、もう遅いしカフェイン摂《と》るのもな。コーラでも飲むか？』

『……ん、そうだね』

だがその時、俺は気付いた。日頃ずっと隣にいるがゆえに気付いてしまった。いつも冷静沈着な名探偵の唇が、ほんの数ミリ尖《とが》っていることに。俺がプレゼントを用意していなかったことに対して、怒っているのではなく……しょげていたことに。

『今からなにか買いに行くか？』

『もうどこもお店閉まってるよ』

『じゃあ明日どこか出掛けるか』

『明日はこの辺り一帯、ハリケーンが直撃だって』

『巻き込まれ体質もいよいよだな。……だったら』

『他に選択肢、あるの？』

ちらりと視線を上げたシエスタに、当時の俺はこう答えた。

『明日のクリスマス。一日だけ俺を自由に使っていい』

それは可愛《かわい》くたとえるなら、子どもが母親にあげる肩叩《かたた》き券やお手伝い券のようなイメージだった。だが俺にとっては、一日限定でシエスタの言うことをなんでも聞いてやるという破格のプラチナチケットである。なにもプレゼントが用意できなかった俺としては、その案しか浮かばなかったのだ。

しかし俺の提案を聞いたシエスタは、ぱちぱちと瞬《まばた》きをした後、くすりと笑ってこう言った。

『それってまさか、俺自身がクリスマスプレゼントってやつ？』

それに対して俺はなんと返事をしたのだったか。

うっせと悪態をついたのか、それとも若干しどろもどろになってしまったのか。

ただ確かなのは、その時シエスタが笑っていたということだ。クリスマスを迎えるその日、シエスタは俺といて笑っていた。それだけは確かだった。

「ケーキ、冷蔵庫に入れておくぞ」

過去の思い出に再び蓋をして、代わりに冷蔵庫を開ける。

するとフルーツや洋菓子が、小さい冷蔵庫の容量パンパンに詰まっていた。夏凪《なつなぎ》たちもしょっちゅうここには来ているのだ。

「変わらず人気者だな、お前は」

そのうち誰かが食べてくれるだろうと思いながら、どうにか冷蔵庫に隙間を作ってケーキを入れた。
俺は丸椅子に座り、再びシエスタの寝顔を見る。
月の白い光を浴びてすやすや眠っている彼女は、今俺がここにいることに気付いている
だろうか。それとも、もっと楽しい夢を見ているだろうか。
「一度ぐらい、返事をしてくれてもいいんじゃないか？」
あれからもう三ヶ月経《た》ったんだ。ほんの少しぐらい喋《しゃべ》っても罰は当たらないだろう。多
少の暴言や失言は許容する。バカか、ぐらいは言ってもいい。だから、どうだ？
「なんてな、冗談だ」
俺の小粋なジョークにシエスタは微笑《ほほえ》む。
なに、最初から口角はこれぐらい上がっていた？
それはあれだ、夢の中で俺が抱腹絶倒のギャグでシエスタを笑わせたのだ。
「ん、もうこんな時間か」
時刻は夜の十一時。俺はほんの少し名残惜しさを感じつつ「メリークリスマス」の代わ
りに「また来る」とだけ言い残して立ち上がった。
いつかシエスタを長い眠りから目覚めさせる。
それだけが俺の願いで、この物語の終着点だった。

◆新たな正義の味方《ヒロイン》のその名前は

「おかしいな。なんでもう十二時なんだ」

　病室を出てスマートフォンを確認すると、すでに日付は二十五日になっていた。

　確かにあれから、やっぱりもう少しぐらいシエスタの顔を見てから帰ろうとその場に座り直したのは事実。昔のことを思い出したり、これからのことを考えたりしてはいたが、まさか一時間も経っていたとは。

　いい加減帰ろう。日付が変わって今日も俺には朝から予定があった。シャワーを浴びて早く寝た方がいい。そう思いエレベーターまで急ぐ。……が、しかし。

「故障か？」

　なぜか下の階へのボタンを押してもエレベーターが反応しない。

　ほんの二時間前までは作動していたはず。急に壊れるというのもおかしな話だ。日付が変わったことで朝まで一時運転を停止した、とでもいうのだろうか？　仕方なく俺は階段へ向かう。

「やれ、嫌な体質だ」

　この不運も例の巻き込まれ体質だということにしながら、薄暗い階段を下る。

今の時間帯は最低限の照明しかついていない。また病院というシチュエーションも相まって、あまり居心地は良くなかった。

俺は気持ち急ぎ足で階段を降りる。五段、十段、二十段。そして窓から月明かりの差す踊り場で顔を上げ、ふと違和感に気付いた。

「シエスタの病室は三階だったよな」

間違いない。この数ヶ月、何度も通った場所だ。

なのにこれはどういうことだ？

俺は踊り場の壁に表示された階数の表示に首をひねる。

「なんでまだ俺は三階にいる？」

シエスタの病室がある三階からだいぶ下ったはずの俺は今、また踊り場で三階という表示を見ていた。ぞわりと毛が逆立った。

「……勘弁してくれよ」

誰に向けてか分からない独り言を吐きながら、俺は階段を二段飛ばしで駆け下りる。そうしてまた辿《たど》り着いた踊り場の階数表示を見ると——三階。再び階段を駆け下りる。踊り場の表示は——三階。階段を駆け下りる——四階。

「四階⁉」

俺の頭がおかしくなったのか、それとも実はこの病院が新進気鋭のデザイナーによって作られた、からくり屋敷だったというオチなのか。藪《やぶ》の中の真相を求めて階段を駆け下り、あるいは駆け上るも答えは出ない。

真冬のはずが額からは汗が止まらなかった。俺は今どこにいるのか、どこへ向かって走っているのか。ふとその時、背後になにかの気配を感じた。

振り返りたくない。そう思いながらも俺の身体《からだ》は無意識に後ろを向いていた。そこにあったのは暗闇。そして——闇の奥から赤く染まった手が伸びてきた。

「いつの間にここはホラー世界に変わった！」

ミステリを得意とするのが探偵ならホラーはなんだ、お化けを倒してくれるのは一体どこの誰だ。霊媒師か、神主か、エクソシストか。俺はその赤い手から逃れるように階段を駆け上る。そう、今度こそ確かに俺は上へ上へと進んでいた。

やがて階段のてっぺんへと辿り着き、鉄製の扉が目に入る。俺はその扉を蹴破るように突破した。外の空気が頬に触れる。これでようやくこの怪奇現象から逃れられて——

「——は？」

次の瞬間、俺の目の前には夜空があった。

直後、眼下に夜景が広がる。

今、俺はゆっくりとその景色に飛び込もうとしていた。

ふわり、浮遊感が身体を襲う。

一体自分の身になにが起きているのか。ただ、落ちる。それだけは分かった。

「捕まりなさい！」

誰の声だ？

だがそれが俺に向けられた言葉だということは理解できた。

それと同時に闇の中で、明るく瞬く水色の光があった。

俺は無意識のうちにその光に手を伸ばす。その結果、掴《つか》んだものは棒状のなにか。俺の体重が一気にかかり、ずしんと下に沈む。それでも、その水色の光を発する棒は俺をゆっくりと引き上げる。やがて俺の身体《からだ》は固い地面に転がった。

「……はあ、はあ」

荒い呼吸、吹き出す汗。軽くめまいを感じながらも周囲を見渡す。

ここは、病院の屋上？　俺は一体ここでなにをしようとしていた？

「飛び降りようとしていたのか」

自分で出したその答えに思わず身震いした。当然、自分の意思で屋上から飛ぼうとしたはずがない。俺は誘われたのだ、謎の怪奇現象に。

「そろそろ息は整った？」

少女の声がした。

俺に「捕まりなさい」と言って、光る棒状のものを差し出した人物だ。

キョロキョロと辺りを見渡していると「ここよ、ここ」と少女の声が上から降ってくる。

彼女は給水塔の上に腰掛けていた。

闇の中に水色の光が浮かんでいる。それは少女の服の一部と、彼女が握っているステッキから放たれる光だった。俺はあれに救われたのだ。

「……ああ、ニューヨークの《連邦会議》以来だな」

やがて月の光が少女の顔を照らし出す。

そんな彼女に向かって俺はこう訊《き》いた。

「なぜあんたがここにいる？　リローデッド」

◆シックス・センス・ファンタジー

「百鬼夜行」

夜空を臨める病院の屋上。俺の「さっきのあれは一体なんだ？」という抽象的な質問に対してリローデッドはそう答えた。

「それがあの怪奇現象を引き起こした原因だと？」

「そ。あなたが遭ったのはその百体のおばけの一人」

わざと俗っぽい表現を使ったリローデッドは、なぜか俺を見ながらふっと鼻で笑い、そ

の概略を語る。彼女の言う《百鬼夜行》とは、現代に即した無数の妖怪や鬼や精霊が引き起こす怪奇現象の総称であり、今ここ日本の地で発生している《世界の危機》らしい。が、そう言われてもあまりピンと来ない。

「じゃあ、ろくろっ首や河童《かっぱ》やトイレの花子さんもそうなのか？」

「そういうあまりに有名な伝承は、今さら百鬼に含まれることはないわね。まだこの世界に定着しきれていない悪鬼だけが何度もしつこく暴れるの」

なるほど。しかしその口ぶりだと《百鬼夜行》が起きるのはこれが初めてではないということか。

「この危機は、昔から世界各地で度々起きていた。過去の記録から未来の予測まで、こうして資料にまとめられている」

そう語るリローデッドは、手元で開いた分厚い書物に目を落としていた。まるで漫画やアニメで出てくる魔術書のようだ。そしてアニメの世界に出てきそうだというのは、当の本人もまた同じで。

「その《百鬼夜行》を封印することが今のリルの仕事ってわけ」

書物を閉じたリローデッドは、魔法のステッキをとんと地面に突く。

自称、魔法少女——リローデッド。

俺が初めて彼女と会ったのは今から三ヶ月と少し前の《連邦会議》。そこで散々、風靡《ふうび》さんやミアやシエスタと揉《も》めていたのがこの《調律者》の少女だった。

風貌は一見するとまさにフィクションの世界に出てくる魔法少女といった感じで、だがよく見ると衣装や持ち物のステッキはどこか近未来風でもある。魔法と科学のハイブリッド、といったところだろうか。

「それで、さっきのは具体的にどういう怪奇現象なんだ？」

いつまで経《た》っても階段が続き病院から出られなくなり、謎の赤い手が俺を闇に飲み込もうとした。その手に追われた俺は、危うくこの屋上から飛び降りそうになったわけだ。

「原因はあなたにあるのよ」

するとリローデッドは目をすっと細める。

「あなた、このままずっとここにいたいって願ったでしょ。だからアレに狙われた」

「まさか。むしろ、こんな夜の病院からは早く帰りたいと急いで……」

……いや、違う。その前か。確かに俺はもう少しこの病院にいたいと願った。シエスタのいるこの場にまだ留《とど》まりたいと。

「要するにさっきのは、この場所から離れたくないと強く願った時に建物から出られなくなる呪いのような現象。この建物自体にそういう呪いを掛けている悪鬼がいるの」

名前は《寄生霊《パラサイト》》と、リローデッドは言う。

それはつまり、この病院自体に取り憑《つ》いている地縛霊的なものを想定すればいいのだろうか。俺がもしあのまま飛び降りてしまって死んでいたら、その呪いの輪に俺自身も加わっていた、だとか。なんだかあり得そうな都市伝説だった。

「つまりは、あなたの名探偵への激重感情が原因だったわけ」

「見てきたようなことを言うな」

まさかずっと監視していたなんてことはないだろうな？

「それで、あんたは《調律者》としてこの危機にどう対処するんだ？」

今、俺が体験したこの怪現象に。このままだと、また俺と同じような犠牲者が出てしまいかねない。

そう言うとリローデッドは「これよ」となにやら木製の札を取り出して見せた。一瞬、卒塔婆《そとば》のようにも見えたそれには、なにやら呪文のようなものが書かれている。

「昔の《陰陽師《おんみょうじ》》が残したものらしくてね。まあ、今はもうなくなった役職だけど」

「元《調律者》の役職の一つってことか」

「そ。リルの仕事は前例に従って対処をするだけ。今回はだいぶ楽な方ね」

そう言ってひゅんと飛んで姿を消したリローデッドは給水塔に昇って、またすぐに戻ってきた。あの木の札を置いてきたのだろう。それが恐らく元《陰陽師》の残した、《百鬼夜行》を封印するアイテム。

「はい、これでおしまい」

「過去の英雄様様だな」

だが今もこうして《世界の危機》は人知れず各地で起こっている。であればきっと《名探偵》にもまた近いうちに使命は下されるはずだ。俺はその時、夏凪《なつなぎ》になにをしてやれるのだろうか。

「なんにせよ助かった。悪かったな、迷惑掛けて」

俺はまだリローデッドに礼を言っていないことを思い出し、感謝を伝える。彼女がいなければ今頃、俺はどうなっていたか。

「ま、このぐらい別に」

リローデッドは橙色《だいだいいろ》の長髪をさっと手で払う。殊更に得意げに振る舞っているわけではないのだろうが、滲《にじ》み出《で》る自信による所作が様になる。おそらく年も俺とそう変わらないはずだが、大人びて見えるのは確かだった。

数ヶ月前、《連邦会議》で初めて会った時は、随分と喧嘩《けんか》っ早《ぱや》く女王様気質《きしつ》な少女だと思っていたが、こうして面と向かってみると意外に常識人らしい。

「さて、それであなたはどうするの？」

ステッキをとんとん、と。自分の肩で叩《たた》きながらリローデッドは俺に尋ねる。

「リルはあなたの命を救った。それに対してあなたはリルになにをしてくれるの？」

「……まさか恩を返せと？」

やれ、せっかく心の中でいい印象を抱き始めたところだったのに台無しだ。

「正義の味方は無償の愛で一般市民を助けてくれないのか」

「一般市民？　そんな人どこにいるの？」

リローデッドはわざとらしく辺りをキョロキョロ見渡す。どうやら俺は愛すべき幼気《いたいけ》な小市民には含まれないらしい。

「俺になにをさせようと？」

「リルの使い魔になりなさい」

魔法少女はビシッとステッキを俺に向ける。

それは数ヶ月前のあの会議でも言われたことだった。その時は当の俺ではなくシエスタに断られていたが。

「正直言って《百鬼夜行》は《世界の敵》の中でもそこまで強力な相手じゃない。それこそあなた達が戦ってきた《原初の種《シード》》に比べれば」

それからリローデッドは《世界の危機》には災厄の程度に応じて幾つかのレベルがあるのだと説明した。その中でも《名探偵》が対処してきた《原初の種》という危機は、仮にランクをつけるならA級のものだったらしい。対して《百鬼夜行》はC級程度、今すぐに地球そのものに重大な危機が生じる可能性は低いという。

「それでもリルは早いことこの仕事を済ませたい。一体一体の敵はそこまで強くないにせよ、ともかく数が多い。そこであなたが必要なの」

「自慢じゃないが俺は名探偵や情報屋ほど頭は切れないし、暗殺者や吸血鬼ほどの力もないぞ」

「そんなことは分かってるけど」

分かってるのかよ。じゃあ一体なんのために俺を、と訊《き》こうとしてはたと気付いた。

「囮《おとり》か」

リローデッドが初めて口角を少し上げた。

「ご名答。あなたには、あらゆる災厄を引き寄せる特殊な体質がある。それを利用してまんまとその網に掛かった敵を、リルが速攻で片付けるの」

「どこかで聞いたような理論だ」

いつかのデジャブに俺は頭を抱える。厄介なことになったたな。

「それが《特異点》であるあなたの使命でもあるのよ」

俺のことをリローデッドが目を細めて見つめる。

特異点。これまでも何度か聞いたそのワード。時に世界のあり方を変え、《巫女《みこ》》の視《み》る未来さえも覆すイレギュラー因子だというが……。

「悪いが、あまり自覚はなくてな。今でも巻き込まれ体質の方がしっくりくる」

「はあ、当の本人は呑気《のんき》なものね」

リローデッドは手のかかる子供を見るような呆《あき》れ顔《がお》をする。

「リルもすべてを知っているわけじゃないけど、この仕事をしていたら嫌でも耳に入ってくるわよ。《特異点《あなた》》の存在は」

「なんだ、世界中で大人気なのか俺は」

「そのドヤ顔は意味が分からないけど、実際そうね。世界の転換点になりうるあなたを欲する人間はリルだけじゃない。他の《調律者》だってあなたを狙っていたことはある」

どうやら本人の与《あずか》り知らぬところで俺の争奪戦が起こっていたらしい。そしてその勝者こそが《名探偵》、つまりはシエスタだったのだろう。

「やれ、あいつはそこまでして俺をそばに置きたかったのか。困ったやつだ」

「なんで急にちょっとニヤけ始めたの？」

リローデッドは訝《いぶか》しげに俺を見ながらも「それはともかく」と、話を戻す。

「今度はリルがあなたを使う番。仕事、手伝ってもらうわよ」

「その提案ならこの前シエスタに断られなかったか？」

「その名探偵こそ今、ここで昼寝をしているんでしょ？　寝ている人の戯《ざ》れ言《ごと》を聞けるほどリルは暇じゃないの」

それに、と言ってリローデッドはステッキをくるくると回し、今度は柄の先端を俺の喉元に向けてきた。

「リルとあなたの力関係は明確だと思うけど？」

「正義の味方の登用試験、甘すぎるだろ」

こんな危険人物がなんで《調律者》になれたんだ。

やれ理不尽だと俺は肩を竦《すく》め、大きくため息をつく。

「……なんで」

そう疑問の声を上げたのはリローデッドの方だった。

「なんで、この状況で笑えるわけ」

どうやら俺は自分でも気付かぬうちに笑みを浮かべていたらしい。リローデッドはそれを不思議そうに、というか若干引いた様子で見つめながらステッキを収めた。

「いや、別に。ただ昔、あんたと同じようなやり方で俺を引き込んだ知り合いがいてな」

そいつもさっきと同じように俺の喉元に、いや喉の奥に人差し指を突っ込んで、俺に仕事を引き受けさせた。今ではそいつも《調律者》で、俺の大事なパートナーだ。これもそういう偶然、否、巡り合わせなのか。

「まあ、恩があるのは確かだしな」

それに、きっとこれは今後に向けた訓練にもなる。じきに《名探偵》にも下されるはずの新しい使命。彼女を……夏凪《なつなぎ》を一番近い場所でサポートするのは俺の役目だ。今のうちに他の《調律者》のもとで色々と学べることを考えれば、俺にもメリットはある。

そして《特異点》という俺の体質。それを自覚した上でリローデッドと共に《世界の危機》に挑んだ時にどんなことが起きるのか、俺は知っておくべきなのかもしれない。

「ただ、一つだけ確認していいか」

そう尋ねるとリローデッドは無言で先を促す。

「あんたの仕事に協力するとして、俺の命は保証してくれるんだろうな」

やはり昔、同じように俺をビジネスパートナーに勧誘した探偵がいた。そいつは世界放浪の旅へ出掛ける前、これから先なにがあっても俺を守ると誓ってくれたのだ。

「はあ。随分、甘いことを言うのね」

すると一転、リローデッドは俺にジト目を向けた。

「戦場に立ったが最後、自分の命は自分で守る。基本でしょ」

「その戦場に無理矢理《むりやり》駆り出そうとしてるやつはどこのどいつだ」

「じゃあ、あなたがとびきり可愛《かわい》いペットになったら守ってあげてもいいけど」

やれ、無茶《むちゃ》なことを言い出す飼い主、もとい雇用主だ。

「実はこのステッキ、首輪とリードに変形もできるの」

「なんで人をペットにする前提の武器を使ってるんだ」

「お手」

言われて俺は仕方なく膝をつき、リローデッドが差し出した手に自分の手を置く。

「はいよくできました」

わしゃわしゃと頭を撫《な》でられる。なんだか変な扉が開きそうだった。

「それで、君彦《きみひこ》」

「いきなり名前呼びかよ」

現実に戻されて俺は立ち上がる。

「リルのこともリルって呼んでいいから」

「よく分からない交換条件だな」

「携帯、貸してちょうだい。連絡先入れるから」

まあこれから先、協力体制を敷くなら必要か。

俺はスマートフォンを取り出し彼女に渡した。

「なあ、一つ訊《き》いていいか」

俺のスマートフォンを少し離れてぽちぽちいじるリローデッドに俺は、なんとなくずっと訊きたかったことを尋ねてみた。

「なんであんたは《魔法少女》なんだ?」

数ヶ月前の《連邦会議》、そこでリローデッドは言っていた。昔は《魔術師》という名だった肩書きを自分の就任時に《魔法少女》に替えたのだと。

「別に、大した理由はないわよ。ただ」

するとリローデッドは俺にスマートフォンをぽいと放るようにして返す。

「昔の知り合いに、魔法少女のアニメが好きだった子がいたから」

ただそれだけのこと、と言い残してリローデッドは踵《きびす》を返した。

何気なく見上げた夜空には、いつもより多く星が瞬いていた。

◆ラブコメディの建前に

リローデッドとの邂逅《かいこう》の後、くたくたになって帰宅した俺は泥のように眠った。

そして次に目を覚ましたのは、枕元に置いていたスマートフォンがしつこく着信音を鳴らし始めてからだった。

「……んぁ、もしもし」

渇いた口で呻《うめ》きながら、壁の時計を見上げる。

短針と長針はちょうど十二の数字で重なっていた。

『……もしもし？』

電話口から漏れてきたのは恨みがましい声。夏凪《なつなぎ》だった。

俺はがばっと起き上がる。

実は、今日は朝から夏凪《なつなぎ》と会う予定を立てていた。が、すでに待ち合わせの時間は過ぎている。もちろん忘れていたわけではないのだが、昨晩の疲れもあってつい惰眠を貪りすぎてしまっていた。

「その、なんだ。電車が遅れてな、向かってはいるんだが」

『さっき、完全に寝起きの声だったけど』

バレてたか。電話は繋《つな》いだまま、とりあえず洗面台に向かう。

『十一時から待ってるんですけど』

「待ち合わせ、十一時半じゃなかったか？」

『……たまたま早く着いちゃって？』

普通たまたま三十分も早く着くものだろうか。

「悪い、すぐ行く。ちゃんと暖かいところで待ってるか？　カフェとかにいろよ。変な男に話しかけられても無視するんだぞ」

『出た、まれに見れる過保護な君塚《きみづか》』

夏凪はくすっと笑いつつ『待ってる』と言って電話を切った。と、その時スマートフォンにメールの着信がある。リローデッドからだった。

今晩、二十時に《百鬼夜行》のパトロールに出掛けるという内容。昨日の今日で早速かと思いつつ、間に合えば行くと返事をする。夏凪との用事が何時に終わるか分からないのだ。行けたら行くという常套句《じょうとうく》よりはマシだろう。

それから急いで支度をしてアパートを出ること二十分後。待ち合わせ場所である駅近くのカフェに着くと、ガラス張りのカウンター席に夏凪はいた。やがて外にいる俺に気付くと、ぱたぱたとカップを返却棚に置き、外套《がいとう》を羽織りながら店から出てきた。

「すっぽかされたのかと思ってた」

俺の前で唇を尖《とが》らせる夏凪。リップはいつもより赤い気がする。全体的にメイクがはっきりしているのか、それに服装もなんだか……。

「今日は随分と大人っぽいんだな」

「素直に綺麗《きれい》だねって言ったら？」

眉を上げる夏凪に俺は「遅れて悪かった」と改めて謝罪した。

「いいけど、もう。それより君塚はその、いつも通りなんだね」

俺のつま先から頭のてっぺんまでを観察する夏凪。我ながら服装は代わり映えせず、整髪料もつけていない。時間を優先した結果である。

「それで、今日集まった理由だが」

俺がそう口火を切ると、夏凪はふっと顔を逸《そ》らした。

「ただ遊ぶだけ、でいいんだよな？」

「……ん、まあ、そうだけど」

自分で誘っておきながら微妙に気まずそうな表情を浮かべる夏凪《なつなぎ》。だが俺が見つめていることに気付くと焦ったようにこう言う。

「でも理由は言ったでしょ？　一緒に遊ぶって言っても、あくまでもこれは探偵と助手にとって必要なコミュニケーションの一環なわけ」

ああ、分かってるさ。たとえばあの三年間、俺とシエスタは仕事や使命をこなしつつ、時に気を抜くように遊ぶこともままあった。それは大抵がシエスタによる提案だったが、命を預け合うパートナーだからこそ互いの摩擦をなくすための時間を設けることが大事なのだと言っていた。

そして最近そのような昔話を夏凪に語ったところ、新たに探偵と助手の関係になった自分たちもそういう機会を設けた方がいいのではないかと言ってきたのだった。

「よく考えたらあたしたち、まったくの仕事抜きでプライベートの時間を過ごしたこと、ほぼないでしょ？」

「ああ。仮にあったとしても斎川《さいかわ》やシャルやノーチェスも一緒だったからな」

だから夏凪の理屈は分かるし、俺も了解してここに来ている。

が、しかし、どうしても一つだけ気になることが俺にはあった。

「だけど、今日じゃないとダメだったのか？」

今日、十二月二十五日はクリスマス。探そうとしなくてもそこら中に男女のつがいが溢《あふ》れている。これだと俺と夏凪もまるで……。

「うん、今日以外全部ダメ。あたし、五年先まで予定埋まってるから」

「どこのスーパースターだよ」

やれ、今日しかダメだと言われてしまえば仕方がない。

俺は「それじゃあ行くか」と軽く伸びをする。夏凪は「うん」と軽く頷《うなず》きつつも、どこか満足そうに左隣に並んだ。

そして。一瞬その右手を上げようとして、少し躊躇《ためら》った後に下ろしたように見えた。

「今一瞬、右手を上げようとしてから下ろしたか？」

「見て見ぬフリしたんじゃないの!?」

◆クリスマスの誓約

まず夏凪の先導のもとやって来たのはホテルのスイーツバイキングだった。

時間制限は九十分。夏凪は目当てのスイーツを手早く次々プレートに載せてテーブルに並べる。女子高生らしく写真をぱしゃり一枚撮ると、幸せそうな顔で食べ始めた。

「昨日の今日でよくそんなに甘い物が食べられるな」

俺は向かいの席でコーヒーゼリーをスプーンで掬《すく》う。

「あれ？　君塚《きみづか》だって甘い物好きじゃなかったっけ？」

「甘党ってほどではないな。シエスタの付き合いで食べることは多かったが」

「あー、だからどうりで」

と、一旦手を止めてなにやら頷《うなず》き出す夏凪《なつなぎ》。

「君塚の昔話、大体シエスタとスイーツ食べてるから。てっきり甘い物好きなのかと」

「俺がいつもシエスタの話ばかりしてるみたいな言い方するな」

思わずそうツッコむも夏凪は「そっかそっか」と真面目な顔でなにかメモを取り出す。

「君塚は甘い物はそんなに好きじゃない。でもシエスタのことはその限りではない」

「後半は余計だ。ケーキよりぬれおかきが好きとでも代わりに書いておけ」

するとその後も夏凪は俺に食べ物の好き嫌いなどを尋ね、メモ帳に残していた。これが探偵と助手の相互理解とやらに繋《つな》がるのだろうか。

「逆に君塚はあたしに訊《き》きたいこととかないの？」

「そうだな。夏凪はいつもどこのシャンプー使ってるんだ？」

「君塚が友達できない原因、多分巻き込まれ体質とか関係ないよ」

それからも愉快な会話を挟みながらケーキバイキングを楽しんだ俺と夏凪は、次に近くのボウリング場を訪れた。

受付を済ませ、靴を履き替えて、俺は十三ポンドの玉を用意する。

「夏凪は普段こういうところ来るのか」

同じく準備を整え、九ポンドの玉を磨いている夏凪にそう話しかける、が。

「ちょっと今集中してるから喋《しゃべ》らないで」

「理不尽だ……」

真剣な表情でレーンに立ち、約二十メートル先のピンに向けて玉を投じる夏凪。

どん、ごろごろ、ぱらぱらとピンは倒れる。そして。

「六ピンかあ、でも君塚相手ならまあ」

「さては俺に悪口を言っている自覚もないな？」

そうして、どうやら俺に対して本気で勝ちに行くらしい夏凪と、一ゲームの真剣勝負をした結果は。

「うそ……」

スコア表示を見上げて呆然《ぼうぜん》とする夏凪。

九十ちょうどのスコアの夏凪に対して、俺は百五十までもう少しというところだった。

「君塚、こういうの下手じゃないの⁉」

「ものすごい偏見を受けているが、俺に運動音痴という設定はないぞ」

いつも比較対象にされてきたシエスタが異常なだけだ。

「実は君塚《きみづか》って、そこそこ頭がよくて、身体《からだ》もわりかし鍛えてて、顔にあんまり生気はないけどシュッとはしてて、意外と頼りになって、あれ……」

「ほら、二ゲーム目が始まるぞ」

それからも俺と夏凪《なつなぎ》のコミュニケーション強化日間は続き、ボウリングのあとは同施設にあるゲームセンターで遊んだり、商業施設で買い物をしたり、レストランでイタリアンを食べたりしているうちに時刻は二十時を過ぎていた。

そろそろ解散するかと駅に向かって歩いていると、白銀色に光る電飾のついた街路樹の景色が目の前に広がる。

「綺麗《きれい》だね」

白い息を零《こぼ》しながら夏凪はクリスマス限定のこの景色に目を細める。俺も隣に並んでそのイルミネーションをしばらく眺めた。

「え？　お前の方が綺麗だよ、は？」

「言われ待ちしてたのかよ」

俺に少女漫画のヒーロー像を期待されても困るんだが。

「女の子を褒めておいて損することはないと思うけど？」

「まあ、それはそうか。覚えておこう」

これも相互理解の一環かと俺は頭のメモ帳に記憶しておく。

「それで？　夏凪の方は、目的は果たせたのか？」

　探偵と助手としてのすれ違いを減らすこと。結局、今日一日共に過ごしてみたものの、コミュニケーションのあり方は特段いつもと変わりなかったように思えた。

「うーん。思ってたよりあたし、君塚のこと知らなかったや」

　夏凪は前を向いたまま苦笑いを浮かべる。

「君塚が好きな食べ物も、本当は得意なことも、実はあたしそんなに知らない。でも、あの子は全部知ってたんだよね」

　夏凪の言うあの子が誰を指すかは明白だった。

「あいつは別に俺のそういう情報は重要視してなかったと思うけどな」

「そうかな？　今あの子がいたら、あたしすごくマウント取られてた気がするけど。『私は助手のことはなんでも知ってるけどね』みたいな」

「地味にモノマネ上手《うま》いな」

　夏凪は軽く吹き出し、だがそれからまた真面目な顔に戻る。

「君塚とシエスタにはきっと、積み重ねてきた長い時間がある。経験がある。絆《きずな》がある。比べるものではないっていうのは分かってるし、卑下するつもりもないんだけど、事実としてやっぱりあたしは君塚との関係性において、あの子には敵《かな》わない」

　でもね、と。夏凪は俺の方を振り向く。

「あたしはやめない。知ることをやめない。君塚《きみづか》のことをもっと知って、あたしのことももっと知ってもらって、それで今以上の探偵と助手の関係になる。……深い意味じゃないよ？　ただ純粋にもっと信頼し合えて分かり合える、そういうパートナーになりたい」

寒風が吹き、夏凪《なつなぎ》の耳についたイヤリングが揺れる。俺がさっきショッピングの途中で見つけて買ったプレゼントだった。

「俺のことを知りたいと思ってくれるのか？」

「うん。だって君塚、すごい変なんだもん」

俺の顔を見ながらくすっと笑う夏凪。思ってたリアクションとは違うな。

「こんなに変でおかしな人、他にいないから。だから、見逃してあげない」

夏凪はそう言いながら顔を少しだけ背ける。

だがその右手は俺の服の袖を小さく摘《つま》んでいた。

今になって思う。俺がシエスタの誘いに乗って世界へ飛び出したのも、それが理由だったのだろうか。あの名探偵がとびきり変で、とびきりおかしくて、言いようのない魅力に惹《ひ》かれて……いつしかもっと彼女のことを知りたいと思わされて、俺はまだ見ぬ世界へいざなわれた。

だけど結局俺は、探偵のことを知ろうとしなかった。教えてくれないのは意味があるからだと無理矢理《むりやり》に納得して、彼女が与えた情報以上のものを知ろうとしなかった。俺はシエスタが何者で、本当はなにと戦っていて、どんな未来を見ていたのか、まったく知らなかった。知ろうともしなかった。旅路の果てにあんな後悔をするとも知らずに。

無論、知ったからといってすべてが上手《うま》くいくわけでもない。でも、無知であることに無自覚であってはいけない。それを俺はこの半年間に学んだ。だから。

「俺も、もっと探偵のことを……夏凪のことを知りたいと思う」

夏凪が顔を上げる。口をわずかに半開きにし、だが俺の言葉を飲み込むと、微笑《ほほえ》み直してこう尋ねてきた。

「君塚はシエスタの助手のままでいい。でもこの先、あたしの助手でもいてくれる？」

俺の袖口を掴《つか》んでいた夏凪の右手が、改めて俺に向けて差し出される。

「ああ、俺をお前の助手にしてくれ」

両の手のうち、まだ片方の手は空いている。

俺は夏凪の手を右手で握った。

「「……………」」

そうして無言のまましばらく時は流れる。

冬の夜ということもあり、夏凪の手はやはり冷たく……いや、思ったより火照っているか。そして若干汗ばんでいるような気もするが、これは俺の汗である可能性もあるため言及は避けておく。

「夏凪《なつなぎ》、なぜ手を揺らす？」

「……別に？」

握手ではなく違う意味になってきたような気がしないでもないが、今の夏凪の表情を見ていると手を振りほどくことはできなかった。どんな表情かはあえて言わないが。

「あのさ、君塚《きみづか》」

「ん？」

夏凪がなにかを言いたそうに口を開いては噤《つぐ》み、それを三度ほど繰り返す。

「実は、言いたいことがあります」

なぜ敬語、とツッコみたくなったが今の夏凪を見ていると余計なことはできない。

「言いたいことというか、言いたくなっちゃったことというか」

そうして夏凪は意を決したように大きく深呼吸をして、俺の顔を見つめた。

なにか決定的なことを言われる予感があった。けれど。

「でも今じゃないかな、やっぱり」

そう言って夏凪は俺の右手をそっと放す。

「今はまだ、フェアじゃないから」

そう口にした夏凪はどこか困ったような笑顔で、けれど決してなにもかもを悲観した表情ではなかった。ただ、今はまだその時ではないのだと。具体的なことはなにも言わずと

も、それでも今言える精一杯のことを、きっと彼女は口にした。

だから俺は「そうか」とだけ相槌《あいづち》を打つ。こんな時、夏凪《なつなぎ》の好きな少女漫画やらに出てくるようなヒーローならなんと答えるのだろうかと一瞬想像を巡らせる。しかしなんにせよ、自分が物語の主人公なんかではなくて良かったと心底思う。ろくな答えを出せない半端者だと全読者に叩《たた》かれるところだった。

「だから、いつかまたこの話の続きはするから」

「具体的にはいつなんだ？」

「それは君塚《きみづか》の頑張り次第でもあるんじゃない？　もちろんあたしもだけど」

……ああ、それもそうか。そのいつかとは、俺たちの願いがすべて叶《かな》った時。

すべてはあの眠り姫が長い昼寝から目を覚ましてからだ。

俺はもう一度、白銀色に染まるイルミネーションを眺めながらそんな未来を想像した。

「うん、大丈夫。さすがに大人になる頃には誰か素直になってるでしょ」

「夏凪、よく聞こえなかったが、なんか小声で変なフラグ立ててるか？」

◆謎解きはヒロインレースの後で

そうして探偵と助手のいつもとは少しだけ違う一日は終わりを迎えた。今日だけでなにか大きな変化が生まれたわけではない。だが今は小さなすり合わせでも、いつか未来の大きな決別を事前に防げるのだとしたらその意義は重要だろう。

「今日はありがとね」

駅に辿《たど》り着き、夏凪は俺に礼を口にする。

「また誘ってもいい？」

「ああ。まあ、二週間もすれば学校で会うけどな」

「え、年明けたら高三はみんな自由登校だよ？」

……そういえばそうだったな。あまりに学校への興味関心が薄くて忘れていた。

「てか君塚、進路どうするの？　大学行くのか就職するのか」

「夏凪、将来の話をするのはやめてくれ。俺はまだ与えられるだけの子どもでいたい」

「いや、将来とかそんな先の話じゃなくて、もうすぐ目の前のことなんだけど」

そう言って夏凪は呆《あき》れたようにため息をついた。

ちゃんと現実を見ないとダメだ、と。

「夏凪は推薦で私立大に行くんだよな。……ちゃっかりしてるな」

「あたしはこの三ヶ月、ちゃんと勉強もしてたもん。君塚と違って」

夏凪の正論に俺は押し黙ることしかできない。言うなればただ、俺は気が抜けていたに過ぎないのだ。《原初の種《シード》》との戦いが終わり、シエスタが眠りに就いてしまい、俺にとっての現実が急に凪《な》いだことで。

そう、俺にとっての現実はずっと、学校や受験や就職なんかではなく、上空一万メートルの先にある非日常だった。それが一度終わった今、自分の人生にリアルを求めるイメージがどうしても湧かなかったのだ。

「夏凪《なつなぎ》の進学先って、一般入試もやってるのか？」

「え、うん。確か二月中旬だったと思うけど」

それでも、同じような境遇にいたはずの夏凪はちゃんと自分の将来を見据えている。だったら、俺も……。

「ねえ、君塚《きみづか》。なんか聞こえない？」

と、夏凪がその話題を一旦打ち切り、踵《かかと》を上げて遠くに目をやる。

確かになんらかの騒ぎ声、それも悲鳴に近い声がする。さらにはそれを追うような爆音——バイクか？　そう気付いた時にはもう、黒い大型自動二輪車が駅前に侵入してきていた。俺は咄嗟《とっさ》に夏凪を抱いて庇《かば》う。

「あ、身体《からだ》ごつごつしてて、なんか良い匂いもする……」

「平気そうでなによりだ」

俺は夏凪を適当なタイミングで手放し、そのバイクの運転手と向かい合う。そいつが大きめのメットを外すと、見覚えのあるオレンジ色の髪の毛がこぼれ落ちた。

「お前だったか、リローデッド」

俺が睨《にら》みを利かせると、その魔法少女はつんとした表情で逆に俺へ食ってかかる。

「あなた、こんなところでなにやってるわけ？　二十時集合って連絡したでしょ」

リローデッドが言っているのは《百鬼夜行》のパトロールの件だろう。とは言え、俺も必ず行くと返事をしたわけではなかったはずだが。

「なんで俺の居場所が分かった？」

「それはもちろん魔法の力で」

リローデッドはそう言いながら、持っていたステッキをくるくる回す。

「さてはGPSだな？　昨日、連絡先を入れるからと俺のスマホを預かった時に」

「なんだ、あなたバカじゃないのね。まあ、気付くのは少し遅かったけど」

するとリローデッドは俺にもう一つのメットを放り投げた。

「乗って。早速現れたわよ、怖い怖いおばけが」

「日付的には今日だけで二体目……敵も忙しいな」

俺はうなだれつつも受け取ったメットを被《かぶ》ろうとする。

「ちょ、ちょっと待ってよ。君塚、どういうこと？　説明して」

だが、この場で状況がまだ飲み込めていない人物が一人。夏凪は俺とリローデッドを交互に見ながら困惑した様子を見せる。そういえば二人はまだ初対面だったか。

「彼女はリローデッド。夏凪《なつなぎ》と同じ《調律者》で、役職は《魔法少女》だ」

俺はすぐ近くに人がいないことを確認して（さっきの騒ぎで遠巻きに野次馬《やじうま》はいるが）、小声でそう夏凪に説明する。

「ちょっとした事情でこいつのペットになることになってな」

「どんな事情があったら女の子のペットとして飼われるのよ」

まあ、話せば長くなる。

それからリローデッドにも夏凪のことを紹介しようとしたところで、

「あなたが新しく就任した《名探偵》、ね」

リローデッドは鋭い目で夏凪の方を見る。

わずか一瞬にして空気が冷たくなるのが分かった。

「噂《うわさ》で話は聞いてたわ。なんの力も持たず、偶然空位になった座をおこぼれでもらった《調律者》がいるって。嫌いなのよね、そういう世界に愛されただけの人間が」

数ヶ月前の《連邦会議》、そこでもリローデッドはシエスタを相手に似たようなことを言っていた。どれだけルールをはみ出しても運と縁で奇跡を起こすような、世界から愛された人間のことを、快く思っていないのだと。

そんな出会い頭の悪意をぶつけられ、夏凪は一瞬怯《ひる》み、直後ムッとしたような表情を見せるが……。

「そういえば、最初はシャルにも同じようなこと言われたんだっけ」

一つ深呼吸を挟んだ夏凪は、切り替えるようにリローデッドにこう宣誓する。

「いいよ、今はなんと言われても。だけど、いつかちゃんと結果で示すから。あたしは《名探偵》としての使命を果たしてみせる」

夏凪の言う使命とは、具体的にはなんのことなのか。

新たな《世界の敵》を倒すことか、それとも俺たちのあの願いを叶《かな》えることなのか。リローデッドもまたその意図を探るように目を細める。

「そう。まあリルには関係ないことだけど」

だが今話し合うことではないといった風に踵《きびす》を返す魔法少女。そして。

「それはそうと、彼は連れてくから」

気付けばひょいと襟首を掴《つか》まれ、俺はバイクの後ろに乗せられる。「え！」と手を伸ばす夏凪に対して、リローデッドは。

「それじゃ、あなたの元カレ借りてくわね」

アクセル全開。

夏凪の脇をすり抜けて、二人乗りのバイクは去って行く。

「捕まってて」

ハンドルを握るリローデッド。俺は彼女の腰辺りを掴む。

道行く人々の視線を浴びながら、轟音《ごうおん》を立ててマシンは疾走する。法定速度もなんのその、対向車のクラクションをものともしない。車線をジグザグに走り、さながらアクション映画のようにバイクを走らせる。

やれ《調律者》はみんなこうなのかと一瞬辟易《へきえき》するものの、《巫女《みこ》》の少女は真逆だったかと思い出す。《連邦会議》でも二人は喧嘩《けんか》をしていたんだったか。これだけ正反対の性格ならそれも頷《うなず》ける。

「あなた、くっつきすぎじゃない？」

ふとリローデッドが後ろの俺を気にする素振りを見せる。

振り落とされないように必死なだけなんだが。

「あなた人畜無害なふりして実は結構セクハラするタイプ？」

「ビジネスパートナーにおいてコミュニケーションは重要だと学んだんだ」

「歴代の名探偵たちはこの子になにを教えてきたのよ」

と、そんな楽しい会話を一通り終えたところで。

「それで？　敵が出たってのは本当か？」

「ええ、《黒服》が見つけたわ。この先に《百鬼夜行》に加わってる一体がいる」

「そういう仕事も《黒服》は引き受けるのか、さすがは便利屋だな」

本来《調律者》同士の助け合いは《連邦憲章》の規定により御法度。しかし《黒服》だけはその性質上、他の《調律者》が自由に使えるシステムらしい。

「随分と効率主義なんだな」

俺はリローデッドにそう声を掛ける。《黒服》のこともそうだが、元《陰陽師》《おんみようじ》の残した道具を使ったり、特別な体質のある俺を利用していたりすることも含めて。

「ええ、立ち止まってる暇はないから」

リローデッドは当然振り向くこともなくさらりと言い切る。

じゃあ、いつも立ち止まることなく走り続ける魔法少女は、一体どこへ向かおうとしているのか。それを尋ねて、ましてや答えが返ってくるような関係性はまだ築けていない。

今はただ、バイクで夜風を切る彼女についていくことしかできなかった。

◆マジカル・ミラクル・ガールズ・アクション

「なんだ、あれ」

現場に到着した俺は、思わずその光景に釘付《くぎづ》けになる。

ショッピングモールの広場に設けられた巨大なモミの木。クリスマスツリーとして様々な飾りが施されたその木のてっぺんに、白い布を頭から被せられた人のようなものが吊されている。

「《てるてる坊主》よ」

適当な場所にバイクを止め、俺の隣に並んだリローデッドがそう呟《つぶや》いた。

「白い布の人形に見えるアレの通称。《百鬼夜行》を引き起こしているうちの一体ね」

「……人が首を吊《つ》ってるわけじゃなかったか」

俺はほっとため息をつき肩の力を抜く。

「それよりも顔を伏せて」

「顔？　……っ、おい」

急に首筋へ力が加わったかと思いきや、リローデッドの右手が俺の頭を無理矢理《むりやり》下げさせていた。俺は足下に視線を落としたまま「なんのつもりだ」と抗議をする。

「アレと目を合わせないで」

すると彼女は端的にそう指示を出す。専門家が言うのならなにか意味はあるのだろうと俺はひとまずモミの木から視線を外す……と、また別の違和感に行き当たった。

「なんで誰もアレを気にしてないんだ？」

今もモミの木にぶらさがっているはずの明らかな異物。だが広場にいる人々はみなそれが視界に入っていないかのように、あのモミの木を純粋なオブジェとして眺めたり写真を撮ったりしている。

「君彦《きみひこ》あなた、幽霊を信じる？」

「宇宙人もいたからな、幽霊だって信じざるを得ない」

実際、約二十四時間前にもそれに近いものは目撃したからな。

「そうね。あなたやリルには見えるアレを、まるで視認できないという人は多い。幽霊、悪魔、魑魅魍魎《ちみもうりょう》。そういう境界線上の存在というのは、この世界に確かにいる」

リローデッドは相変わらずモミの木には視線を送らず、代わりに周囲を見渡しながらそう説明する。これまで彼女自身《魔法少女》として、そういった敵にも数々出くわしてきたのだろう。

「俺も図らずもこっち側に来てしまったわけか」

シエスタとの三年間の旅で接触し続けた非日常の世界。その結果俺も、ああいったあわいの存在を認識してしまえるだけの感覚を獲得してしまったらしい。

「あなたの場合は生まれたその時からっていう気もするけど……」

そう口にしたリローデッドの視線がある一点で止まった。彼女が遠く見つめる先にいたのは一人の若い男性。そんな彼はどこか虚《うつ》ろな目をして空を眺めている。

「違う、モミの木だ」

そう気付いた時には、男性の顔は恐怖に染まっていた。

見つけてしまったのだ、《てるてる坊主》を。

「っ、大丈夫なのか？　あの人を放っておいて」

「騒がないで。《てるてる坊主》は多くの人に恐怖の対象として認識されればされるほど、怪奇現象としての格が増していく」

しかしリローデッドがそう言う間にも、男性は明らかになにかに怯《おび》え、身体《からだ》をがたがたと震わせているように見えた。

「あの人には一体なにが見えている？　俺が最初に見た白い布の人形じゃないのか？」

「《てるてる坊主》は姿を自在に変えるのよ」

リローデッドはいつの間にか、例の魔術書を手にしている。そこに《てるてる坊主》の詳細も書かれているのか。

「アレと目が合ってしまった人物は、己が最も恐怖するものを幻影としてあの白い布に見《み》出《いだ》してしまう。だからきっと今あの日本人も、自分が一番怖いと思うものを《てるてる坊主》に重ねて見ているはず」

「だとしたら、冷静に分析してる場合かよ」

と、その時。俺の視界に白い影のようなものが一瞬映り込んだ。そして二メートル程あるそいつは俊敏に角度を変え、あの若い男性のもとへものすごいスピードで移動する。次いで聞こえる短く低い悲鳴。間違いない、《てるてる坊主》に襲われているのだ。

「……！　君彦《きみひこ》、どこに行くつもり！」

リローデッドの叱責が、駆けだした俺の背中越しに投げかけられる。だがこれ以上悠長にしていられる時間はない。

「アレは人の恐怖心が増大すればするほど強力になるんだろ？　だったら早い内に対処するべきだ！」

俺は《てるてる坊主》とそれに追われている男性のもとへひた走る。

少なくともこういう時、夏凪《なつなぎ》だったら立ち止まることはない。「ちょっと！」というリローデッドの声が遠のくのを感じながら、あの奇怪な現象を止める術《すべ》を考える。

「幽霊相手にどう戦うか……」

常日頃から銃を携帯しているはずもなく今は丸腰。そもそも幽霊に物理的な武器が通用するイメージも湧かない。まだ数珠や塩の方が役立ちそうだ。そんなことを考えながら男と《てるてる坊主》を追う。

それにしても敵は奇妙なやつだった。前をひた走る若い男を浮かぶようにして追いながらも《てるてる坊主》は顔を反対側に……つまりは俺の方に向けているのだ。それはまるで俺からも決して目を離さないと言わんばかりだった。

やがて、いつの間にか辺りは人気《ひとけ》の少ない夜道に差し掛かっていた。だが、敵が俺からも目を逸《そ》らさないというのなら受けて立とう。俺もここであいつを見失わないよう、曲がり角を何度も経由しながらついていく。とにかく今は、あの一人と一体に追いつかなければ……。…………。

「なんで俺は、あいつがこっちを見ていると分かった？」

ふとそんな疑問が湧いた。《てるてる坊主》はずっと白い布で頭部を覆っている。ゆえに本来はどっちが表で裏であるかすら分かるはずもない。なのに俺はなぜか、アレがこちらを見つめていると認識している。

そう、俺は今《てるてる坊主》と目が合っていた。

「ここは、どこだ？」

気付けば真っ暗な工事現場にいた俺は周囲を見渡す。

俺と《てるてる坊主》以外に人はいない。最初に追われていたはずのあの若い男性すら見当たらなかった。まるでそれすらも《てるてる坊主》が俺に見せていた幻影だったかのようで、そこで初めて「ああそうか」と気付く。

「俺は最初からアレと目が合っていたのか」

数メートル向こうに浮かぶ《てるてる坊主》の白い布がバッと広がり、その色と形、大きさまでをも自在に変えていく。やがて俺の前に現れたのは。

「お前か、ベテルギウス」

全長五メートルほどの巨大な爬虫類《はちゅうるい》にも見える怪物。眼《め》や耳にあたる器官は存在せず、ただ大きく開いた口で、不快な機械音のような声で低く鳴く。

この怪物こそ無意識のうちに俺が最も恐怖している敵なのだろう。かつてシエスタの命を奪った相手なのだから当然とも言える。

「けど、所詮はこいつか」

これはすでに終わった物語だ。

この怪物ならもう、勇敢な戦士たちによってすでに倒されている。今さら俺が戦うべき敵ではない。それになにより、これは幻想だと知っている。

「右に避《よ》けて」

刹那、閃光《せんこう》が走り、悪夢の怪物に突き刺さった。

するとそいつは低いうなり声を上げながら元の白い布を被《かぶ》った人形の姿に戻り、苦しむように宙を浮遊する。

「バカなの、あなた」

その声に思わず振り返る。

一瞬、懐かしい姿がそこにあるように見えた。

だが違う、分かっている。あいつはここにはいない。

「助かった、リローデッド」

マスケット銃を構えた探偵ではなく、ステッキを握った魔法少女に俺は礼を言う。

「あなたの悪い癖ね」

リローデッドはそう言いながら俺に近づくと、

「作戦もない、解決できる力もないままに、無駄に敵に特攻していく」

ステッキの角を俺の顔面にぐいぐい押しつけてくる。地味に、どころかかなり痛い。

「俺の元雇用主は、なにかにつけて一旦俺に先陣切らせてたぞ」

「なるほど、それは少し同情するわね」

リローデッドは少しだけ口元を緩め、ステッキを引いた。

「でも朗報。これからはそういうの、全部リルの役目だから」

「俺は戦う番犬じゃなかったのか？」

「あなたはただ鼻の利く飼い犬《ペット》。敵をおびき出してくれればそれで十分」

そう口にしたリローデッドは、もう俺を見ていなかった。

彼女の鋭い瞳は、俺の向こうの虚空を睨《にら》んでいる。

振り返るとそこには、広げた白い布から大量の刃を生やした《てるてる坊主》がいた。

「っ、まだ終わってなかったか」

俺がそう呟《つぶや》いた次の瞬間、《てるてる坊主》の全身の刃《やいば》から斬撃のようなものが見える形で発射される。

「伏せて！」

犬への芸の指示かと思いきやそれは俺に対する警告だったようで、リローデッドは俺を抱えて地面に伏せさせる。結果、ほぼダイレクトに顔が砂利の地面にぶつかった。

「……こっちの方がダメージ大きくないか？」

「そうでもないわよ。ほら、見て」

同じように顔面をぶつけていたリローデッドはのそっと起き上がり、さっきまで俺たちがいた箇所を指差す。そこには、なにか大きな刃物で地面を削り取られたような跡があった。さらにここは工事現場、俺たちのすぐ脇で鉄骨がガラガラと倒れてくる。これが幻覚ではないとすると。

「つむじ風ってわけでもないんだよな？」

「他の怪奇現象に例えるのもあれだけど、鎌鼬《かまいたち》みたいなものね。《百鬼夜行》は自然現象のふりをして物理的に干渉してくる」

「なるほどな。それはそうとリローデッド。真面目な顔で解説しているところ悪いが、鼻血出てるぞ」

砂利で顔面を強打したせいだろう。リローデッドは若干バツが悪そうな顔をしながらティッシュで鼻血を拭く。どうやら気付いていなかったらしい。

「……別にこれぐらいなんともないもの」

誰に対する言い訳なのかよく分からないが、リローデッドはのっそり立ち上がる。だがそんな緩慢な動きの直後。

「それじゃ、お片付けの時間ね」

一瞬にしてリローデッドの姿が消える。

次に俺の目が捉えたのは、夜空を駆ける魔法少女の姿だった。

科学なのか魔法なのか、靴で虚空を踏みしめる度、星形の紋様を描きながら自由自在に宙を舞う。そんな魔法少女に対するは白い人形《てるてる坊主》、布より突き出した無数の刃《やいば》を構える。

「リローデッド、またあの斬撃がくるぞ！」

恐らく彼女の履いている靴はかつてシエスタも使っていた特別製、あるいはその上位互換。あの魔法の靴ならば、空中での敵の攻撃もきっと避《よ》けられる。

そう、思ったのだが。

「いや、それじゃあ効率が悪すぎる」

魔法少女の顔つきが変わった。

夜空を切り裂く風の斬撃。リローデッドはその風の中に特攻していく。服や肌が切り裂かれ、躱《かわ》しきれない箇所からは鮮血が飛び散る。

蛮勇だ。だが無謀ではない。

現に彼女は致命傷となり得る斬撃だけは、握ったステッキで撃ち払っている。そうして波状攻撃をくぐり抜けた魔法少女は、宙に浮かぶヴィランの前に立つ。

「悪いわね、あなたなんかに構ってる時間はないの」

魔法のステッキを剣のように薙《な》ぎ、一閃《いっせん》――敵を真っ二つに切り裂いた。

半分になった白い布は、ひらひらと夜空に舞っていく。

「言ったでしょ？」

リローデッドは宙に浮いたまま俺を見下ろす。

「《てるてる坊主》を相手に恐怖心を持つのは悪手。生身のあなたはともかく、リルが敵の攻撃を怖がって避けたりなんかしたら……」

「まだだ、リローデッド！　後ろを……！」

えっ、と彼女が振り返った先にはまだ《てるてる坊主》の白い布が広がっていた。

そして、リローデッドと目が合った。

俺は最悪の事態を想定して、今自分ができる行動に移る。肩書きはなんでもいい、助手でも、使い魔でも。ただ俺の役目はビジネスパートナーを助けること、それだけだ。

「っ、逃がさない！」

しかし予想に反してと言うべきか、防戦を強いられることになったのは再び《てるてる坊主》の方だった。一瞬驚いたように足止めを喰《く》らっていたリローデッドだが、それでも宙を蹴って敵を追う。

それに対して《てるてる坊主》は白い布を黒く染め、暗闇に溶け込み逃亡を図ろうとする。――だったら。

「てるてる坊主だか幽霊だか知らないが、太陽があったら用なしだろ」

俺は工事現場に置かれていた照明器具に電源を入れて、暗闇を光で照らす。すると遠目にもぼんやりと白い影が浮かび上がるのが分かった。

「リル！」

俺が思わずそう愛称で呼んだ時には、すでに彼女のステッキは明るい水色に光り出していた。

「へえ、良い仕事するじゃない」

相変わらず魔法なのか科学なのかは分からない。

ただ確かなのは一つだけ、あの光は悪を倒す正義の源流。逃げる敵を目にも留まらぬスピードで猛追し、先回りした魔法少女はステッキを向けてこう叫ぶ。

「あーした天気になあれ！」

水色の光が夜空を包み、そして。

今度こそ《てるてる坊主》は消え去ったように見えた。

「これでもう敵は封印されたのか？」

ゆっくりと着地したリローデッドに……リルに、俺はそう尋ねる。

「ええ、もともと人間に恐怖心なんてものがなければ生まれない怪奇現象だから」

「そうか、人類がみな俺みたいに勇敢であればいいわけだ」

「十分あなたもびびってたでしょ」

リルはじとっと俺を見つめると、ステッキで胸板をとんとんと叩《たた》いてくる。

「じゃあ、そういうお前は《てるてる坊主》がなにに見えてたんだよ」

ついさっき宙に浮いたリルはあの白い布を目の当たりにして、一瞬動きが止まったように見えた。彼女もまた《てるてる坊主》に幻影を見ていたのではないか。

そう思ったのだが、リルは「さあね」と言って顔を背ける。

「リルに怖いものなんてないから。ただの白い布のままだったわ」

夜風が彼女の髪の毛を揺らす。

強気でそう語ったリルの表情は俺からはよく見えなかった。

「にしてもあんた、すごい脚力だな」

自在に宙を走り跳び回っていたリルの姿を思い出す。あれは決して魔法と科学だけがなせる業ではないはずだった。

「そりゃそうよ」

すると彼女は俺の方を振り向き、橙色《だいだいいろ》の髪の毛をさっと手で払う。

「リル、元棒高跳びの選手だから」

魔法少女の無垢《むく》な笑顔を見たのはこの時が初めてだった。

◆あわいの後日談

翌日。俺が一人暮らしをしているアパートには朝から二人の来客があった。

知人友人が数えるほどしかいない俺のもとに、二人も人が尋ねてくるのは珍しい。せっかくならピザやパイでも囲んで楽しいパーティーをしたいところだったのだが……。

「……事情は分かったけど、納得はいかない」

不機嫌そうに、ごろんと畳で横になったのは夏凪渚《なつなぎなぎさ》だった。腕にはぎゅっとクッションを抱いている。いつか誰かがどこかの国で買ってきた奇妙な生物を模したクッションだ。うちにはこうした得体の知れないものが沢山転がっている。

「そうやって現実を受け止めきれないのは子どもの証《あかし》ね」

一方、不機嫌ではないものの明らかにこの場の空気を悪くしている人物がもう一人。リローデッドはいつもの魔法少女スタイルのまま、勝手知ったる様子で我が家のマグカップを使ってコーヒーを飲んでいる。

「子どもの証って、あなた幾つよ。多分あたしと変わらないでしょ」

「あー、そんな風に実際の年齢を気にしちゃうあたりがもう子ども」

「う、初対面の時は喧嘩《けんか》売られても頑張って大人の対応したのに！」

夏凪は自らそんなネタバレをしつつ、持っていたクッションを投げつけた。リルではなく俺の顔面を目掛けて。理不尽だ。

「……君塚《きみづか》も君塚でしょ。なんで簡単にこの子のところに行っちゃうわけ」

夏凪は俺を恨みがましく見つめる。

どうやら夏凪は、探偵助手であるはずの俺が魔法少女の手伝いをしている現状について文句があるらしい。昨日のあの別れ方のせいもあるのだろう。今日ここに俺を含めて三人が集まっているのも、夏凪の要望によるものだった。

「君塚はあたしの……なのに」

「君彦《きみひこ》はあなたの、なに？」

リルが退屈そうに夏凪に訊《き》く。

「き、君彦はあたしの」

「夏凪、呼び方釣られてるぞ」

そう指摘するとなぜか夏凪はむっとした顔をする。

「じゃあ君塚はあたしが浮気してもいいの！」

なんでちょっと彼女っぽいんだよ。

「別に俺は無理矢理《むりやり》やらされてるわけでもないから心配するな」

「……むしろそれがもにょるんだけど」

夏凪《なつなぎ》は「はあ」とため息をつきつつも、

「君塚《きみづか》が決めたことなら、あたしがどうこう言えないけどさ」

と、一応は俺の判断を尊重してくれた。

「じゃあこの話し合いはなに？　無駄な時間は過ごしたくないんだけど」

「どうしてもあなたに一つだけ言っておきたいことがあって」

すると夏凪はリルに向かい合い、真剣な顔をする。

「君塚になにかあったら怒るから。これはあたしだけじゃない、もう一人の意思」

そのもう一人というのが誰を指すのか、夏凪は具体的に口にはしない。だがその意図は確かに伝わった。果たしてあの名探偵はそこまでストレートに言ってくれるかどうか微妙なラインではあるが。

俺がそんなことを考えながら苦笑していると、リルは「分かったわよ」と若干面倒くさそうにしつつも、夏凪の言うことに頷《うなず》いた。

「ま、昨日もそれなりには働いてくれたし。主人の務めとして、可能な限りは危険な目には遭わせない。それでいいでしょ？」

最初にリルと会った時は「自分の身は自分で守れ」と言われたことを考えると、だいぶ好転したと言える。だがしかし、夏凪は。

「可能な限りじゃなくて絶対」

「重い女は嫌われるわよ」

そう言って立ち上がったリルは、俺の隣に来て腰を下ろす。そして。

「ドライで割り切った関係の方が、男も好きだと思うけど？」

俺の腕を取り、肩に頭を乗せるリル。柔らかい感触と体温が伝わり、吸い込まれそうな綺麗《きれい》な瞳が俺を見つめる。桜色の唇からは熱い吐息と共に、男にとって都合の良い甘言が囁《ささや》かれるようだった。

「……え、昨日の夜なにかあった？　今日あたしが来たらもうその子いたけど、まさか泊まってた？」

なにを勘違いしたのか、わなわなと震え出す夏凪。一応弁明しておくかと口を開こうとしたその瞬間、卓袱台《ちゃぶだい》に置いていた俺のスマートフォンが着信を知らせた。

「テレビ電話？」

何事かと思ったが、表示された相手の名前を見て俺は察する。具体的にはあまりよくない予感を。スタンドでスマートフォンを立て、その着信に応じる。

『もしもし、君彦《きみひこ》？』

そう言って画面に現れたのは巫女《みこ》の装束を着た少女——ミア・ウィットロック。

背景は何度か見たことのある時計塔の部屋だった。今ロンドンは夜中にもかかわらずこ

の電話を掛けてきたということは緊急の連絡か。それはミアの硬い表情を見てもすぐに分かった。

「ミア、どうした。なにがあった？」

俺は拳を握ってそう用件を尋ねた。が、しかし。

『……君彦《きみひこ》、あなたどうして魔法少女と一緒なわけ？』

そういえばリルとくっついたままだったな。

「この子なら、リルの使い魔だから」

するとリルはペットよろしく俺の頭をぽんぽんと撫《な》でながら、ミアに雑な説明をする。

「文句は言わせないわよ。あなたがリルに押しつけた仕事を効率よくこなすためだから」

『《百鬼夜行》を予言したのは私だけど、仕事を割り振ったのは《連邦政府》で……』

「は？　ごにょごにょ言ってて聞こえない」

『ねえオリビア、これどうやって切るんだっけ』

画面の向こうでオリビアに泣きつくミア。数ヶ月前の《連邦会議》のデジャブだった。

「久しぶりね、ミア」

すると、リルと俺の間に割って入った夏凪《なつなぎ》がテレビ電話に顔を出す。

『え、君彦あなた、何人の女の子を家に連れ込んでるの？』

「ミアを入れて三人目だ」

そんな話をしているとリルはその場を立って、おかわりのコーヒーを淹《い》れに行く。どうやらまだ帰るつもりはないらしい。というかあの衣装でここへ来たということは、この後も俺を連れてパトロールに行く気なのか。

「いや、今はそんな話をしてる場合じゃなくてだな」

俺は自分で自分にも突っ込みながら再度ミアに本題を尋ねる。一体なにがあってこの電話を掛けてきたのかと。

『《名探偵》の次の使命が決まったわ』

——やはり。なんとなくそんな気はしていた。政府高官、たとえばアイスドールあたりがその指令を出すのかとも思っていたが、どうやら今回は《巫女《みこ》》が取り次ぐらしい。夏凪《なつなぎ》は俺と顔を見合わせ、そして訊《き》いた。

「あたしの次の敵はだれ？」

ミアは深呼吸をしてこう言った。

『吸血鬼よ』

その単語を聞いて真っ先に思い浮かぶのは、空想上の怪物ではなく、実際に何度も出遭った白い鬼。十二人の《調律者》が一人、スカーレットだった。

『具体的に言うと《名探偵》の次なる使命は、吸血鬼の反乱を防ぐこと』

そう説明するミアは《聖典》を開いている。一瞬見えた表紙には《Vampire Rebellion》という文字列。どこかで見たことがある気もする。

『実はこの危機はすでに先代の《巫女》によって予言されたものなの。今からもう十三年前のことよ』

「十三年前……けどそれが今になってどうして《名探偵》《あたし》の仕事に？」

『私たち《巫女》は必ずしも危機が起きる直前に未来を見られるわけじゃないから』

夏凪の質問にミアはそう答える。

未来視と実際の危機の到来との間にはラグがあるのだと。

『《巫女》の予言は政府高官に伝える決まりだけど、そこから先は世界の状況を見極めた上で高官が、どの《調律者》にいつどの危機の対処を任せるかを決めるの』

……なるほど。十三年越しにようやくその時が来たということか。にしても。

「予言にある吸血鬼ってのは、スカーレットのことなのか？」

『なんとも言えないわね。この世界には吸血鬼という種族そのものが存在するから、解釈の仕方は分かれるかも』

やはり《聖典》も万能の道具ではないらしい。すべての未来が事細かに予言されるわけではないのだ。

「うーん、スカーレットに会えればなにか分かるかもしれないけど」

「けどあいつ、神出鬼没だからな。会おうと思って会えるのか……」

直近で会ったのはシエスタと一緒に《連邦会議》に出向いた時だった。それも会議本番では会えず、人のいない夜道での邂逅《かいこう》。なにやら奴《やつ》と因縁があったらしいシエスタが一緒だったからこそ会えたようなものだった。

「あいつの仕事現場が分かれば、会えるチャンスはあるかもしれないが」

「《吸血鬼》の使命ってなんなの？」

俺と夏凪《なつなぎ》は揃《そろ》って首をかしげる。あいつがそれを語ったことはなかった。

『同族殺しよ』

ミアがさらりと言った。

『《吸血鬼》スカーレットは、世界に蔓延《はびこ》る同族を刈ることを使命として請けている』

「……一体なんのメリットがあって、あいつはそんな仕事を？」

『分からない。もちろん《調律者》には色んな特権があるから、なにかを天秤《てんびん》に掛けた結果だとは思うけれど』

それをアイスドールにでも訊《き》けば答えるだろうか？　いや、答えるつもりなら最初から言っているはずだ。知りたければ自分で調べろと、それも探偵の仕事だと言いたいのだろうか。あるいはなにか言えない事情があるのか。

「とにかく今はスカーレットを探すことだな。手掛かりはないが」

シエスタが眠りに就いた今、なにを餌にすればスカーレットは現れてくれるのか。ヴァンパイアが苦手なものなら、大蒜《にんにく》でも聖水でも十字架でもいくらでも思い浮かぶが、逆に好みのものとなると……。

「なに？　吸血鬼のことが知りたいの？」

そう割って入ったのは、話し合いから離脱していたリルだった。淹《い》れ立てのコーヒーを啜《すす》りながら、立ったまま会話に参加する。

「あなた、なにか知ってるの？」

「ん、まあ、間接的に知る機会があってね」

夏凪の問いかけにリルは婉曲的《えんきょくてき》に答えると、直後なにか閃《ひらめ》いたようにこう言った。

「あなたのパートナーをもう少しリルに貸してくれたら、教えてあげてもいいけど」

どこか勝ち誇った表情のリルに対して、夏凪はぐぬぬと顔を顰《しか》める。

「……分かった。そもそも君塚《きみづか》が決めることだから」

「悪いな。必ず情報を持ち帰って戻ってくる」

それも助手ができる仕事のうちだろう。

俺がリルに無言で頷《うなず》くと、彼女はわずかに口角を上げた。

「ていうか朝ご飯まだなのよね、なにか作って食べよ」

リルはそう言って勝手知ったるように再びキッチンへ向かおうとする。

「なんであんたが当たり前のようにここでご飯作るわけ！　あたしがやるから！」

「それを言うならあなたこそなんでそんな正妻面なのよ」

がやがや言いながら二人はキッチンへ向かう。やれ騒がしい相棒だ。

「悪かったな、そっちは夜遅いだろうに」

こっちの様子を見て苦笑していたミアに俺は謝る。しかし。

『え、まだまだ一日はこれからだけど？』

画面の向こうにはコントローラーがちらりと映っている。趣味だというオンラインゲームを夜通しやるつもりなのだろうか。

『一番一緒に遊びたい人はいないけどね』

「……そうか。早く起きてくるといいな」

淋《さび》しそうに視線を外していたミアは一瞬驚いた顔して「そうね」と微笑《ほほえ》んだ。そして通話を切ろうとする彼女に、俺は最後に一つだけ尋ねた。

「探偵の次の使命は、怪盗の討伐じゃないんだな」

十二人の《調律者》が一人《怪盗》アルセーヌ。

俺とシエスタが一度だけ邂逅《かいこう》した、裏切り者の《調律者》。かつて《聖典》の一部を盗み出した罪で投獄されたと聞く。にもかかわらず。

「アルセーヌはまだ《世界の敵》には認定されてないのか？」

絶対不可侵の《聖典》に手を出したそいつは、捕らわれた後も脱獄して、今は無関係の一般市民を操って次々と犯罪を起こしている。それをいつか夏凪渚《なつなぎなぎさ》が解決すると、そう宣言したのが数ヶ月前のシエスタだった。

『私はそういう未来は視《み》ていないし、《怪盗》を《世界の敵》として認定する動きも今のところ政府にはないみたい』

「……そうか、じゃあ今は動きようもないか」

そもそもアルセーヌは《聖典》を盗んだ罪でずっと投獄されていたというが、なぜもっと厳しい処罰が下されなかったのか。シエスタも分からないと言っていたが、やはりなにか理由はあったはずだ。

『出会った時と比べて、また顔つきが変わった』

ミアがふいにそんなことを言った。どうやら俺に対して言っているらしい。

『あの頃より、色んなものを背負ってるのね』

アルセーヌの件もシエスタと約束したことだ。あいつが眠りに就いた以上、俺が引き受けるのは当然だ。

「格好良くなったとストレートに言われると照れるな」

『や、そこまでは言ってないけど』

ミアは真顔で手を横に振る。と、直後に苦笑を浮かべる。

『でも、無理はしないで。あなたの身になにかがあった時に悲しむ人間は、きっとあなたが想像するよりも多いわ』

その中にはミアも含まれているのか。そう訊《き》くのはやめて「ああ」と頷《うなず》き、俺たちは通話を終えた。

するとキッチンからは、二人の少女がガヤガヤと言い合っている声が聞こえてくる。

「あっ、君塚《きみづか》は目玉焼き派だったの忘れてた。この前聞いたのに……」

「あーあ、せっかくリルが訊いてあげたのにあなたが『スクランブルエッグの方がお洒落《しゃれ》でしょ』とか言い張るから」

「う、うるさいなあ。もう一回作り直すからあなたはキッチンから出てって！」

「重い元カノは嫌われるわよ」

どっちでもありがたく頂くから、騒ぐのを控えてほしい。

「……でも、平和だ」

間もなくトーストと卵の焼けた良い匂いが漂ってくる。

日常と非日常がないまぜになったこの日々を俺は生きている。

いつかすべての願いが叶《かな》った未来が訪れることを信じて。

【4years ago Reloaded】

風を待っていた。

夏の陸上競技場。背の高いポールを斜めに構え、スタートラインで息を整える。

棒高跳びという競技に風の計測はない。ただ、基本一分の持ち時間の間であれば、自分にとって有利な風を待つことができる。

しかも残る競技者が減った今、私には三分間の自由な時間が与えられていた。

緊張感なんて特にない。失敗したらどうしようとも思わない。昔なにかのインタビューで、自分の背より遥《はる》かに高いバーを飛び越えるのは怖くないかと訊かれたけれど、一度もそんな感情になったことはなかった。

だから私はこの競技に向いている。この競技しかない。

「──来た」

風向きが変わる。

一番身体《からだ》が乗りやすい、緩やかな追い風が吹いてくる。持ち時間である残り十五秒を伝える黄色い旗。それを見て、最後に一度深呼吸をして助走に入る。

カーボン素材のポールを構え、地面を蹴り出す。

大きく一歩、二歩、三歩、次第に風が絡みつき、じきにトップスピードに移る。助走の距離はそこまでない。すぐに自分の身長の倍以上あるバーが聳《そび》え立《た》つ。

勝負はもう次の一瞬だ。ポールをボックスに突っ込んでしならせ、上腕二頭筋や大胸筋をはじめ全身の筋肉を使って身体《からだ》を反転、さらに上へ上へと押し上げる。そして——青い空が視界に飛び込む。棒高跳びは空への跳躍だ。

ポールから手を放し、浮遊感が訪れる。

その時にはもう勝負は終わっていた。

バーは揺れていない——成功の白い旗が上がった。

間もなく会場がざわつく。それもそうだろう、今跳んだ高さは大会新記録だった。

そうして私は小さな達成感をマットの上で噛《か》み締《し》める。歓声を聞いたからじゃない。

マットを背に仰ぎ見る青い空が綺麗《きれい》だったからだ。

「さて、と」

私は起き上がり、次の競技者に順番を譲る。

いつもなら、ここでもう優勝だった。

けれど今スタート位置にはもう一人、私が跳んだ高さと同じバーに挑む選手がいた。

「あの子が……」

赤みがかった髪の毛をお団子にした少女。

自信に満ちた表情のその子を私は遠くから眺める。

やがてあちこちから手拍子が鳴り始めた。彼女が観客を煽《あお》っているからだ。陸上競技ではこういうパフォーマンスを行う選手も多い。私はやったことはないけれど。

間もなくスタートの合図があり、少女は走り出した。

風を待つこともない。でもその必要はないのだとすぐに分かった。

彼女自身が風だったからだ。

美しいフォームで助走を一瞬で走りきり、逆さを向いた身体は一直線にバーを飛び越えていく。それはまるで天へ突き刺さるような跳躍。

「――綺麗だ」

白い旗が上がるより先に歓声が沸いた。

人の試技を見て美しいと思ったのはこれが初めてだった。


「ねえ、あなた！」

会場内のロッカーで帰り支度を整え、外へ出ようと廊下を歩いていたところで誰かに声を掛けられた。同じ学校のみんなはさっさとバスへ向かったはず。一体誰だろうと振り返ったところで「あ」と気付いた。

ヘアスタイルはさっきと違っているけれど、その赤みがかった髪の毛は見覚えがある。

いや、覚えてしまうぐらいには何度も見てしまった。最後まで私と優勝を競ったあの美しい跳躍の子だ。

「よかった～、会えた会えた」

頬にはそばかす。人懐っこい笑顔。

少女はぐんぐんとこっちへ近づいてくる。肩掛けのスポーツバッグには、アニメのキャラと思われる女の子のキーホルダーがついていた。

「あなた、名前なんていうの!?」

「……え、私の？」

名前なら競技中に電光掲示板にも出てたと思うけれど、まあいいか。

「リリア・リンドグレーン」

「そっか！　リルって呼ぶね！」

そう言った瞬間にはもう彼女は、私の手をぶんぶんと揺らしていた。

……距離感の詰め方が異常だ。私とは真逆の意味でコミュニケーション能力に難があるのではないだろうか。

「あなたは確か……」

「アタシのことはフレイヤって呼んで！」

ファーストネームで人を呼ぶ習慣はあまり私にはない。けれど有無を言わせぬ笑顔だった。

「それで……フレイヤ。私になんの用？」

「うーん、なんの用ってわけでもないけど、一度喋《しゃべ》ってみたかったんだよね」

フレイヤは「座らない？」と近くのベンチを指差す。

バスの集合時間まではまだ少しある。私は促されるまま隣に座った。

「一度喋ってみたかったって、私のこと知ってたの？」

「そりゃもちろん。この競技をやっててあなたのことを知らない人はいないよ」

「じゃあなんでさっき私の名前訊《き》いたのよ」

「あはは、だって初対面は自己紹介から入るものでしょ？」

そういうものだろうか。なんだかずっと会話の主導権を握られている気がする。

「でも、やっと少し追いつけた」

フレイヤは私の顔を見て微笑《ほほえ》む。

「ずっと目標だったから。あなたと競技会で戦うの」

私たちが大会で最後の二人に残るのはこれが初めてだった。

でも私は、この子のことを実は前から知っている。競技を始めてまだたった半年で、とんでもない勢いで記録を伸ばしている少女が近くの学校に現れたと、そういう噂《うわさ》を聞いていた。その才能が本物であることを今日、フレイヤは大勢のギャラリーの前で示してみせたのだ。

「いやあ、でも惜しかったな。もうちょっとで優勝だったのに」

フレイヤは足をぱたぱたとさせながら今日の試合の顛末《てんまつ》を語る。

結局あの後、私とフレイヤはもう一段階高いバーを跳んで共に大会記録を樹立した。けれど私は二回目で成功したのに対して彼女は三回目での成功。ルールに則《のっと》り、より試技の回数を少なく成功させた私が優勝ということになった。

「ま、私も次の高さは越えられなかったから実質引き分けよ」

「女王の余裕だ……」

フレイヤは「ぐぬぬ」と唸《うな》りながら悔しさをあらわにする。

「じゃあ、今度はアタシが跳ぶから」

するとフレイヤは毅然《きぜん》と、至極真面目にそう宣言した。私がいまいちその真意を掴《つか》み損ねていると「だってそうでしょ？」と彼女は言う。

「アタシが跳んだら、リルだって絶対に同じ高さを跳んでくる。そしてリルが跳んだらアタシも跳ぶの。そしたら記録はずっと伸びていく」

思ってもみない台詞《せりふ》だった。

誰かと競い合うなんて。陸上は……棒高跳びは、個人種目だから。ただ自分の記録と向かい合うだけの競技だと思っていたから。

「そうやってさ、アタシとリルでいっぱい記録を出して、もっと大きな大会に出て、いっか世界でも活躍するの。楽しそうじゃない？」

フレイヤはそう言って白い歯を見せる。この短時間でよく笑う子だ。きっと私がこの一年で笑った回数よりもすでに多い。まったく、不思議な子だった。

「さっきは私のことを尊敬してる風だったのに、もう同じ目線？」

「あはは、だってもう今日戦っちゃったからね。今からはライバル！」

——ライバル。その言葉に、鼓動が鳴った。理由は分からない。

でもなぜか少しだけ。ほんの少しだけ、身体《からだ》が熱くなった気がした。

「え、ライバル……だめ？」

私が黙り込んでしまったからか、フレイヤは若干心配そうに顔を覗《のぞ》き込んでくる。

そんな彼女に向かって、私は首を振ってこう答えた。

「友達にはなれないタイプだと思ってたから、ライバルでちょうどいい」

フレイヤはしばらくその言葉の意味を考えてから「なにそれ!?」と憤慨する。

私は今日、初めて少しだけ笑った。

【第二章】

◆この両手にあるものは

その日、俺は久しぶりにシエスタの病室を訪れていた。

「調子はどうだ？　良い夢でも見てるか」

よっこらせと丸椅子に腰を下ろし、元相棒の寝顔を見つめる。

気持ちよさそうな寝息と、布団の下でゆっくり動く胸部。今日も彼女が昼寝をしている証《あかし》だ。俺は「悪いな、最近来れてなくて」と謝る。

シエスタの顔を見るのはおよそ二週間ぶり。最後にここへ来たのは昨年、例の怪奇現象に襲われたクリスマスの夜だった。少し前までは週に一度は見舞いに来ていたのだが、最近になってそうもいかない事情ができたのだ。

「新しい相棒が随分わがままでな」

《魔法少女》リローデッド。

あのクリスマスの夜に駆り出されてから約二週間、俺は彼女の仕事を手伝い続けていた。

年末年始はもちろん、冬期休暇が明けてからもリルはバイクで校庭に乗り付け、授業終わりの俺を掻《か》っ攫《さら》って《百鬼夜行》狩りへ繰り出すのだ。その際の他の生徒の唖然《あぜん》とした表情については語るまでもないだろう。

それでもなぜ俺がそんなリルに文句を吐きつつも従っていたかと言えば……たとえば今ここで寝ている探偵が起きていたら、一度やると決めた仕事を投げ出すなと言うことが分かっていたからだ。

そして俺自身も、新しく《調律者》となった夏凪《なつなぎ》の手助けをしたいという気持ちも大きかった。リルが握っているらしい吸血鬼の情報、それは夏凪の今の使命を果たすのに役立つ可能性がある。

だから今はあのわがままで、それでも頼りになる魔法少女のそばを離れるわけにはいかない。いくら性格に難があるとは言え、仕事の腕は本物。ただ、毎度自分の身の危険を顧みず、単身敵に突っ込んで行くのはどうかと思うが。

「なんであいつはそこまで必死なんだろうな」

かつてシエスタは言った、自分には探偵として人を救うＤＮＡが染みついているのだと。そしてミアや夏凪は、そんな探偵の背中を目の当たりにして《調律者》となった。

じゃあリルは。あの魔法少女は、たとえばシエスタと同様に最初から正義の味方としての哲学を持っていたのか。あるいはミアや夏凪のように、後天的にそういう生き方をするようになったのか。そんな疑問が頭をよぎった。

「誰かと思えば、君彦《きみひこ》でしたか」

ふとそんな声が、俺とシエスタしかいなかったはずの病室に響いた。そしてその声の主は、なにやら大きな紙袋を抱えて部屋に入ってくる。

「久しぶりってほどでもないか、ノーチェス」

その姿は今この病室で眠っているシエスタと瓜二つ《うりふた》。誰よりもここに来て主人の世話をしている彼女と会うのは、今年に入ってからは初めてだった。

「意外です、もう二度とここへは来ないものと思っていましたから」

するとノーチェスはそう言って真顔で（大体いつも真顔だが）首をかしげる。

「俺をどれだけ薄情な人間だと思ってたんだ」

「シエスタ様のことを忘れて他の女性に現《うつつ》を抜かしている君彦《きみひこ》のことですから」

「見てきたように言うな！　俺はシエスタのことを忘れた日なんて……」

「と、渚《なぎさ》が言っておりましたので」

夏凪《なつなぎ》か、余計なことを吹き込んだのは。

まあ、あいつもリルに思うところはあるのだろうが。

「ところで、さっきなにを言おうとしていたのですか？　『俺はシエスタのことを忘れた日なんて……』の後です」

「掘り返すな。さっさと荷物を置いて腰を落ち着けろ」

そこまで言ってようやくノーチェスは微笑を浮かべ（たように見える）、今度はテキパキと紙袋からタオルや着替えの衣類を取り出した。ゆっくり座るつもりはないらしい。

「シエスタ様のお身体《からだ》を拭いて差し上げたかったのですが、今はやめておきますか」

「ノーチェス、なぜ俺をちらちら見る。言われなくても後ろ向いてるぞ」

こうしてシエスタの身体を拭いたり着替えさせたりするのはノーチェスをはじめ、女性陣の仕事である。ゆえに俺が見舞いに来てできることと言えば、最近あった超おもしろエピソードを寝ているシエスタに語ることだけである。さては迷惑か？

「冗談です、こっちを向いていていいですよ」

ノーチェスはそう言いながら持ってきたタオルや着替えを一旦棚に仕舞《しま》う。

おかしい、結局信用されていなかった。

「別に私の信用や信頼は必要ないでしょう？」

まるで心を読んだようにノーチェスは俺に言う。

「大丈夫です、君彦が本当に信頼されないといけない相手は今ここで安心して眠っておられますから」

「……どうだろうな」

俺は今なおシエスタに信頼されていると思っていいのだろうか。

「あの日のことをお忘れですか？」

ノーチェスが言うあの日とはきっと、シエスタが眠りに就いた時のこと。

そうだ、俺はあいつと最後にこんな会話を交わした。

『いつか必ずお前の眠りを覚ます』

『うん、待ってる』

だからシエスタは今もあの時と変わらず、俺がその約束を果たすことを待っている。信じて眠っている。であれば俺がその信頼を裏切るわけにはいかない。

「けど、このままだとシエスタに失望されるな」

俺はこの現状を踏まえて自嘲した。

いつかシエスタの目を覚まさせるというその誓い。勢いはいい、願いも本物だ。

じゃあ具体的にはどうやってそれを叶《かな》える？

「スティーブンは言っていた。シエスタの心臓に巣喰《く》う《種》からはすでに芽が出始めていたと。それが臓器と複雑に絡み合って、ほとんど一体化していると」

「ええ、ですから神の手を持つ医師によっても《種》だけを取り除くことはできない。シエスタ様を助けられる唯一の方法は……」

心臓移植。

最も分かりやすくシンプルな方法だった。しかし。

「当たり前だが、代わりのドナーがすぐに見つかるわけでもないからな」

「そうですね。いくらシエスタ様の身体《からだ》が特別だとはいえ、そこだけは」

シエスタの身体には、どんな心臓でも適合するわけではない。たとえば昔シエスタと似た境遇だったのがヘル――今となってはもう一年半ほど前、心臓を損傷した彼女はロンドンで次々と人を襲って代わりの臓器を見つけようとしたが、どれも完全に適合することはなかった。そうして結局最後に、同じくシードのＤＮＡを引き継ぐシエスタの心臓を奪ったのだった。

「まずはもっとスティーブンに話を聞きたいところではあるんだけどな」

なにかシエスタを救う方法がないのか。だが最近、というよりもシエスタが眠りに就いて以来、あの《発明家》はこの病院を訪れてはいない。俺も夏凪《なつなぎ》もこの三ヶ月間、それこそ《黒服》を使って探しているのだがいまだ消息は掴《つか》めていなかった。

そんなことを考えていると、ノーチェスが俺の隣に椅子を置いて腰を下ろした。

「ぶっちゃけ私は君彦《きみひこ》とそこまで仲は良くありません」

「急に悲しいことを言い始めたな」

なんだかんだもう半年近くの付き合いなんだけどな。

「だからこそ今から私は……私だけは厳しいことを言います」

ノーチェスは隣の俺を見ることはなく、正面を向いたままこう続ける。

「今の君彦《きみひこ》は、すべてが中途半端になってはいませんか？」

一瞬だけ俺はノーチェスの横顔を覗《のぞ》き見た。

怒ってはいない。けれど一切の逃げを許さない青い眼差《まなざ》しがそこにはあった。

「今、あなたにとってのパートナーは誰ですか？　渚《なぎさ》ですか？　シエスタ様ですか？　それとも、魔法少女ですか？」

俺が答える前にさらに質問は重なる。

「今、あなたの使命は一体なんですか？　吸血鬼の反乱を防ぐこと？　百鬼夜行を止めること？　それとも怪盗を捕まえること？　あなたにとってシエスタ様を目覚めさせるという願いは上から何番目ですか」

「それは」

答えは簡単だった。

俺の一番の願いがなにかなんて言うまでもない。だがノーチェスがそんな疑問をつい呈してしまうほどの「現状」があるのは事実だ。言い訳はできなかった。

「責めているわけではありませんよ」

気付けばノーチェスは俺の方を向いていた。

「ただ、すべてを抱え込もうとすると、いつかその両手から大切なものが零《こぼ》れ落ちてしまうことはある。それだけはどうか覚えておいてください」

厳しいことを言うと前置きをしておきながらも優しく俺を諭すその言葉は、深く胃の底に沈み込むように響いた。

誰の隣に立ち、どんな願いを叶《かな》えるのか。選び取れるのは自分だけ。これは俺にとってそういう選択の物語なのだろう。

◆目には目を、浮気には浮気を

それから病室を後にした俺は、リローデッドとの待ち合わせ場所に向かった。ノーチェスにあの話をされた直後に彼女と会うというのは言い知れぬ罪悪感もあったが、元から交わしていた約束を反故《ほご》にするわけにもいかない。

また今からリルと会うのはいつものパトロールが理由ではない。ある意味、俺にとってはそれ以上に大事な目的だった。俺は呼び出されたとある商業ビルの屋上に向かい、そのテラスカフェの一席に彼女を見つけた。

「遅い」

四人掛けのテーブル席。リルは頬杖《ほおづえ》をついて俺に半眼を向ける。今日も服装は魔法少女スタイルだった。

「まだ十分前だろ」

「ペットが飼い主を待たせていいはずないでしょ」

「理不尽だ」

俺はリルの正面に座ろうとするが、彼女は隣の席を指差す。促されるまま横に座り、辺りを見渡す。他に客はいないらしい。わざわざ貸し切りにしたのか。

なぜここで待ち合わせなんだ、と訊《き》くと、いい景色でしょ、というあまり答えになっていない答えが返ってくる。確かに眼下の眺めはいいが。

「高いところが好きなのか？」

「空が好きなの」

リルはビルの外の景色ではなく、空を眺めていた。

今日は気持ちいいほどの快晴だった。

「で、例の件はどうなってる？」

ウェイターが運んできたホットコーヒーを啜《すす》りながら俺は切り出す。

「吸血鬼の秘密を教えてくれるって話だっただろ？」

それが今、俺がリルと会っている理由。この二週間、彼女の忠犬として勤め上げた成果として、今日その情報を貰《もら》えることになっていた。

「それは全員が揃《そろ》ってからよ」

リルは言いながら指でテーブルをトントンと叩《たた》く。

俺たちの前には空いた二つの椅子があった。

するとやがて「あ、いたいた」と聞き慣れた声が近づいてくる——夏凪《なつなぎ》だ。

今日の議題は《名探偵》である彼女に直接関係がある。よって夏凪がここに来るのは当然なのだが、彼女の隣にはもう一人の人物がいた。

「……誰だ、そいつは？」

スーツ姿で上背のあるその男。歳《とし》の頃は二十代後半か。

鋭く大きな瞳はなんとなく俺を睨《にら》んでいるかのようで、また毛量の多い髪の毛も相まって、まるで荒野の狼《おおかみ》のごとき男である。が、こいつは一体どこの誰なのか。《黒服》ではなさそうだが。

「あ、そうだった。この人は大神《おおかみ》さん」

本当に狼だった。というのはさておき、夏凪がその男を俺に紹介する。

「あたしの新しい助手」

目の前が真っ暗になった。

「ちょっと、君彦《きみひこ》？　大地が割れたみたいな音したけど？」

思わずテーブルに額をぶつけた俺の身体《からだ》をリルが指でつつく。

「リル、頼む。俺の頬をつねってくれ」

「先に言っておくと夢じゃないわよ」

手加減のない痛みが俺の頬を襲う。

弱り目に祟《たた》り目《め》の事例として辞書に載せてもらいたい気分だった。

「なんだよ、新しい助手って……」

俺は陰鬱な気分で身を起こしながら、正面に座った夏凪に訊《き》く。

「んー、新しい助手っていうか、正確に言うと助手代行？」

助手代行、つまりは俺の代わりか？

夏凪の隣に座った大神という男に目を向けると、退屈そうに後頭部を掻《か》いていた。

「つい最近《連邦政府》の紹介をもらってね。《名探偵》の仕事を色々と手伝ってもらうことになったの。ほら、《巫女《ミア》》でいうオリビアみたいな」

なるほど、《調律者》専用の付き人のようなものか。けど、それなら。

「探偵には……夏凪には、俺がいるだろ」

「じゃあなんで君塚《きみづか》は今、その子の隣にいるわけ？」

夏凪の視線は俺の横のリルに向く。俺が魔法少女の手伝いをしている間、名探偵も助手の代行を雇ったということか……。

「あれ、ぐぬぬみたいな顔してるけど、なにかあたしに言いたいことでもある？」

俺の顔を見て夏凪《なつなぎ》は勝ち誇ったような笑みを浮かべる。

名探偵による鮮やかな復讐《ふくしゅう》劇だった。

「大神《おおかみ》さん、彼が君塚《きみづか》です」

そしてこのタイミングで夏凪が、俺たちに会話の機会を与える。

……が、しかし。

「あー、俺が大神だ。以上」

ワイルドな低い声。新任の助手は大して俺と目を合わせることもなく、運ばれてきたコーヒーに口をつける。なんとなくファーストインプレッションで分かっていたが、俺に対して友好的に接する気はないらしい。

まあ、それならそれで構わない。俺も適当に名乗るだけ名乗ってあとは本題に、つまりはリルによる吸血鬼の話に移ろうと、そう思ったのだが。

「こら、ちゃんと挨拶しなきゃダメでしょ」

夏凪が大神を叱るようにネクタイを軽く引っ張った。大神はその予想外の行動にコーヒーを吹き出しそうになり小さく咳《せ》き込む。

「……勘弁してもらえないですかね」

「大神《おおかみ》さんは大人なんだから、しっかりしてください」

夏凪《なつなぎ》が半眼を向けると、大神はバツが悪そうにネクタイを締め直す。不遜な態度の助手代行は、しかし雇用主にだけは頭が上がらないらしい。

「大神さん、なんでそんなに愛想悪いわけ？」

「普段の仕事に愛想は必要ありませんので」

「屁理屈《へりくつ》だなあ。少しは協調性ないと組織の中じゃ上手《うま》くやれないでしょ」

「いつも一人で問題なく仕事はこなしています。チームを組むのは今回が初めてですが」

「へえ、じゃあ、あたしが初めてのパートナーなんだ」

夏凪は大神に呆《あき》れる素振りを見せながらも、なんとなく見捨てられないと言わんばかりの笑みを浮かべる。まるで一匹狼《いっぴきおおかみ》の大人を少女が飼い慣らす構図だった。

「なあリル、この二人の関係性どう思う？」

「多分あなたと似た感想だけど、とどめ刺していいの？」

「やっぱり皆まで言うな」

よろしくやっている正面の二人を見ていられず、俺は空っぽのカップを口に運ぶ。なにも入っていないのにやけに苦い気がした。

「大神、あんたは何者だ？」

やはりこのまま軽く流すこともできず、俺は改めて尋ねる。助手代行とは言うが、そもそもの職業や肩書きはなんなのか。組織、などというワードは出てきていたが。

「公安警察だ」

大神はそう言いながら煙草《たばこ》に火をつけた。

「その煙草……」

「ん？」

片眉を上げた大神に「いや、なにも」と言い、話の続きを聞く。

「普段は公安警察として働いているが、こうして裏の仕事を手伝うこともままある。こちら側の世界についてもそれなりの知識はあるつもりだ」

夏凪に嗜《たしな》められたこともあってか、大神は俺相手にも割と素直に応対をする。それにしても、公安警察が表の顔と言えるやつが世界にどれだけいるだろうか。

「警察で括《くく》ると風靡《ふうび》さんと立場は似てるか。でも《調律者》ってわけではないんだよな？」

「肩書きに興味はないな。ただ俺は、自分が果たすべき任務を最後までこなすだけ。どこかの誰かとは違ってな」

煙を吐き出しながら大神はニヒルに笑う。まるで俺が……君塚君彦《きみづかきみひこ》が、夏凪渚《なぎさ》の助手という任務を投げ出したと言わんばかりに。いい喧嘩《けんか》の売り方だ。

「大神、一匹狼って言葉を盾にしていたら一生友達はできないぞ」

「ん？　いきなり自己紹介をし始めてどうした？」

俺たちの間に見えない火花が散る。

「はいはい、似たもの同士の小競り合いはおいといて」

夏凪《なつなぎ》がよく分からないことを言いながら手を打ち鳴らす。

「本題に入りましょ。お願いできる？」

そして夏凪はリルに視線を向ける。すでに待ちくたびれていたであろう彼女は、この時間も無駄にしまいと一人勝手に食事を取っていた。

「吸血鬼は、決しておとぎ話の世界の住人じゃない」

リルはパスタをフォークで巻きながら、本来の議題である吸血鬼のことについて語り始める。

「君彦《きみひこ》あなた、スカーレットを見たことはあるのよね？　彼の存在を知ってどう思った？」

「正直、《人造人間》を知っていたから受け入れられたが、そうじゃなければ悪い夢でも見ていると思っただろうな」

俺が夏凪に視線を向けると、彼女も同様だったのかコクリと頷《うなず》いた。

影を出入りして、翼を生やして、自在に死者を生き返らせる。そんな存在がこの世界にいるなんて、普通そう簡単に信じられるはずもない。

「そう、それは見事に騙《だま》されたわね」

リルは俺を見てふっと笑う。

「スカーレットを含めて吸血鬼は、確かに常識では考えられない生物。だけど彼らのその特異性はあくまでも科学によって作られたもの。そういう意味では《百鬼夜行》より現実に根ざしてるのよ」

そんなリルの説明に夏凪が手を挙げる。

「じゃあ、姿を闇に消したり、翼を生やしたりすることも科学だって言うの？」

「そう。スカーレットの脊椎に取り付けられている機械の両翼は、光の屈折によって彼の姿を人間の視界から消すことを容易にする」

あの翼は人工物……？　影の中に消えていたのもそう見せかけられていただけ？

「実際、スカーレット以外の吸血鬼にはあの翼は存在しない。彼が《調律者》の証《あかし》として《発明家》から提供されたものよ」

発明家、スティーブンのことか。シエスタやリローデッドも彼から特殊な武器や技術を提供されていたように、スカーレットも……。

「じゃあ、あれは一体なんだ。スカーレットは死者を、不完全な形とは言え生き返らせることができる。あの能力は……」

実際に昔スカーレットは、死んだはずの《人造人間》カメレオンを生き返らせていた。俺はその様子をこの目で見ていた。

「その力だけは本物よ、むしろその能力が吸血鬼たるゆえんね。スカーレット以外の吸血鬼たちも、能力の強さに差はあれど遺伝子の複製に基づいた死者の蘇生《そせい》は行える」

「それも科学によって可能にしたと？　一体あいつらは何者だ……」

そう訊《き》きながらも一つの仮説が浮かんだ。人造人間という存在たるカメレオンを思い出したことで、幾つかの点が線となる。

「吸血鬼とはそもそも、科学によって生み出された人工種なの」

やはりか。たとえば人造人間と同じように、吸血鬼という種を何者かがかつて生み出したのだ。そしてそれが何者かというのも、今は十分予想が付く。

「吸血鬼を作ったのは、過去の《発明家》たちか」

リルは頷《うなず》く。人知を超えた種族を作り出せる者がいるとすれば、その者たちもまた常識を超越した存在であるはず。かつての《発明家》は世界の常識を塗り替えて、吸血鬼という怪物を作り出した。

「待って。だとすると、どうして過去の《発明家》は吸血鬼を作り出したの？」

「さあ、そこまでは分からないわね」

夏凪《なつなぎ》の質問にリルは首を横に振る。

すると、ここまで黙って話を聞いていた大神《おおかみ》が煙草《たばこ》の火を消し、口を開いた。

「研究者を相手になぜそのような研究をしているのか、と訊くのは愚問でしょう。どこからでも予算を削りたい政治家じゃないのですから」

「大神さん、あなた結構な皮肉屋ね」

夏凪に言われて大神は、素知らぬ顔で肩を竦《すく》める。

「なぜリルは今話してくれた情報を知っていた？」

「スティーブンの研究施設みたいな場所に行ったことがあってね。そこでたまたま、そういう資料を盗み見たの。すぐにバレて回収されたけど」

「スティーブンの居場所を知ってるのか？　今、あいつはどこに……」

「さあね。武器と身体《からだ》のメンテナンスが必要な時、たまに《黒服》を通じて連絡が来ることはあるけど。最近はそれも別の人のところでやってもらってるし」

そうか……。思いがけずスティーブンの情報まで得られるかと思ったが、そこまで上手《うま》くはいかないか。

「やっぱり、スカーレットに直接話を聞きたい」

リルの話を聞き終えて、夏凪はそう口にする。

「まだまだ吸血鬼について分からないことは多いし、彼が本当に《吸血鬼の反乱》として世界への脅威を企てているのか、それを知らないと」

「ああ、それについては俺も同意見だ。まあ、あいつがどこにいるかは分からないが」

それこそ《黒服》を使ってスカーレットの居場所を探ることができればベストなのだろうが、同様にスティーブンのことも探しているものの成果が上がったことはない。

これは少し前にミアに相談して彼女が語っていたことだが、スティーブンやスカーレットの居場所を知っている《黒服》も世界のどこかにはいるらしい。けれど他のどの《調律者》にどれぐらい味方をするのか、そういう全体のバランスを取りながら世界の歯車として機能するのが《黒服》であるため、必ずしも自分に有利な働きをしてくれるわけではないのだとミアは言っていた。

そういう意味で《黒服》を頼れないなら、他に手を貸してくれそうな存在といえば。

「《情報屋》は今どこにいるんだろうな」

世界の知とも称される、十二人の《調律者》が一人、ブルーノ・ベルモンド。彼であれば、現状を打破できる知識を授けてくれるのではないだろうか。昔、シエスタも何度もその力を借りたというが。

「知の王が他の《調律者》に助力をするとすれば、それは自らの意思による場合だけだと聞いているが」

大神《おおかみ》が俺の提案を却下する。だがそれは事実らしく、ブルーノと同業者であるリルもまた頷《うなず》いていた。

「やはり我々は、スカーレット本人を探す方針で動きましょう」

大神はそう言って立ち上がり、隣の夏凪《なつなぎ》もそれに続く。

「行くのか？」

「他の女の子を横に侍《はべ》らせておいて、あたしを引き止める権利ある？」

「……また、学校でな」

「だから、受験終わったし自由登校だってば」

……そういえばそうだったな。俺がなんとなく手元にあったカップの縁を指でなぞって
いると、夏凪がぷっと吹き出しこう言った。

「そのしょげた顔が見たかったのかも」

そうして夏凪は大神と共に去っていく。

久しぶりの完敗だった。

「さ、君彦《きみひこ》。リルたちもパトロール行くわよ」

やれ、結局今日も行くのか。その服装でなんとなく察してはいたが。

「ほら、早く立ち直って。自分で歩けそう？」

「……今日だけリード付けてもらっていいか？」

◆魔法少女のおでかけコーデ

その後のリルとのパトロールはやはりというべきか、いつも通り大変なものだった。

具体的には、鷲《わし》のように大きな白いカラスの群れが夜の繁華街に溢《あふ》れ、人々に群がり始

めたのだ。リル曰《いわ》くそれも《百鬼夜行》の現象の一部らしく、カラスたちは人類に対してなにがしかの警告をしているということだった。つまり実態としては人々を襲っているわけではなく、耳元でうるさくがなり立てているといったところだろう。

だが当然そんな事情が分かるはずもない人々はパニックに陥り、俺とリルはその対処に追われた。本来であれば百鬼たる白カラスの声を聞いてやるべきらしいのだが、当然俺たちは鳥や動物の声を聞く術《すべ》を持たない。最終的にはリルが水色に光る魔法のステッキでカラスたちを誘導、その暴走を一身に受け……その間に俺が街の防災無線を利用して、街中のスピーカーからカラスにだけ聞こえるという音域のノイズを流し、暴走を止めた。

『作戦通りね』

そうクールに言って髪を払ったリルの頬にはいくつも切り傷があったが、やはり意に介する様子はまるでなかった。相変わらずの効率重視。敵にも怪我《けが》にも臆さない。そのような姿はかつての名探偵にも重なる部分はあったが、両者は決定的になにかが違うような気もした。いまだ、うまく言語化はできないが。

「そもそもなんで、俺はまだあいつに付き合ってるんだろうな」

俺がリルの仕事を手伝う報酬として期待していた吸血鬼の情報はすでに聞いてしまった。であれば俺はなぜその後いつも通りリルとパトロールに出掛け、今日もまた彼女と待ち合わせをしているのか。

今、俺は駅前の時計台付近に立ち、リルの到着を待っていた。

やはりそれはリルが命の恩人だからか、それとも俺自身《特異点》としてどういう働きができるか無意識に知りたくなってしまったからか。あるいは。

「さすがに今日は早かったわね」

少女の声に俺は振り向く。と、そこには暖色系のコートに身を包んだ美少女がいた。

というかリローデッドだった。

「そう言うあんたも早すぎるだろ。まだ予定の二十分前だぞ」

もしも俺が予定より早く来ていなかったらどうしてたんだ。

「昨日の今日で時間ギリギリに来るような子はクビに決まってるでしょ」

「思わぬところで綱渡りをさせられていた」

まさかその見た目でも仕事モードを継続とは。

「……なに？」

俺の視線に気付いたリルが怪訝《けげん》そうにする。

「私服、初めて見たと思ってな」

さっき一瞬、彼女が彼女であると気付かなかった理由はその服装と髪型。長い橙色《だいだいいろ》の髪をアップにしている姿も新鮮だった。

「オフの日まであの格好はしないわよ。魔法少女は仕事の時だけ」

ということらしい。別にあの服を特段気に入っているわけではないのか。

「まったく、ペットのくせに強引ね。ご主人様を休みの日にまで呼び出すなんて」

そう、実は今日の待ち合わせの提案は俺からだった。その理由は。

「ああ。今日はコミュニケーション強化日間だからな」

これまで何度も確認している通り、リルは常に効率重視で、自分の負傷を恐れず敵に突っ込んでいく。現状そのやり方で上手《うま》くいっているのも事実だが、いつか取り返しの付かない事態になりかねないと俺はリルを諫《いさ》めてきた。

そうして俺は改めてリルに、もう少し互いのことを知ろうと提案したのだった。なぜ彼女がそういうスタンスで《調律者》としての仕事をこなしているのか、それを俺自身も知るべきだと思ったのだ。

たとえばクリスマスの日、夏凪《なつなぎ》が俺のことをもっと知ろうとしてくれたように。俺もビジネスパートナーたるリルのことを、より知る努力をしなければならないはずだった。

「それに昨日、それなら行きたいところがあるってリルも言ってたろ？」

というわけでこの待ち合わせを取り付けたのは俺だが、今日の具体的な行動はリルが決めることになっていた。

「分かってるわよ。今日は散歩ってことね」

リルは軽く笑ってスタスタと歩き出す。

白いスニーカーを履いた彼女の足も軽やかだった。

「で、どこに行くんだ？　目的地はあるんだろ？」

俺は彼女の三歩後ろをついていきながら尋ねる。

「てくてくそうやって歩いてついてくるの、本物のペットみたいね」

「理不尽だ。本当に俺をペットだと思っているならもっと頻繁に飴《あめ》をくれ」

「ご褒美は待って待って待ちくたびれた先でこそ、ありがたみが増すものでしょ」

リルは後ろを向いて歩きながら「待て」と俺に指示を出す。

順調に調教されている気分だった。

「まあ、調教なら五年近く前からされてるか」

「名探偵に見えない首輪でも填《は》められてる？」

それから雑談をしつつ数分歩いた後、リルはふいに立ち止まった。

「ここ、寄るから」

リルがそう言って入ったのは古びたビルの一階に軒先を構える小さな花屋だった。不思議に思いつつ俺もついて行くと、店内には色とりどりの花が並んでいる。

そしてリルは花を手に取って眺めはじめた。……買い物か？　じゃあ俺もついでにと、シエスタの病室に飾る花を見繕う。他に客はいなかった。

「どうしてあなたは昔から名探偵の助手をやってたわけ？」

リルが花を見ながら俺に尋ねる。

昔から、ということはシエスタのことを訊《き》いているのだろう。さっきの雑談の続きか、あるいは今日の本題でもあるコミュニケーションとしての会話か。

「さあな、実は俺が今あんたの使い魔をやっている理由ぐらいよく分からない」

「なるほど、根っからの召使い体質なのね」

「巻き込まれ体質だ」

なにが違うの、とリルは首をかしげる。なにが違うんだろうな。

「昔からふらふら巻き込まれるように生きてきたことに違いはないと思うが」

「でも今のあなたがふらふら生きているようには見えないけど」

他人の目からはそう見えているのだろうか。そういえばミアも似たようなことを言ってくれていたか。

いや、でもノーチェスからは中途半端さを指摘されたばかりだった。やっぱりあいつはダントツ俺に厳しいな。

「でも、一つだけ絶対に叶《かな》えたい願いはある。それだけはぶれていないつもりだ」

「探偵をもう一度、目覚めさせること？」

リルと視線が合う。彼女もそのことは知っていたのだろう。

「死者を生き返らせるという願いを持つことに躊躇《ためら》いはなかった？」

「ああ、まったく」

俺は迷うことなく即答する。

「なにを賭してでも叶えたい願いだった」

「……そう」

リルは短く呟《つぶや》き、視線を足下に一度落とす。

「これはただの独り言で、どこかで聞いた噂話《うわさばなし》」

するとリルはそう前置きをして顔を上げる。

「この世界に《特異点》はあなた一人だけ。世界に選ばれたあなたが選ぶものこそが世界の選択になる。これから先、きっとあなたはそういう人生を歩むわ」

「……そりゃあ大変だな」

世界なんて、到底この両手で抱えきれるはずもない。それでも、もしもリルの言う通り《特異点》として世界を背負わなければあの願いが叶わない事態が起こるとしたら、その時俺はどうすべきなのだろうか。

「じゃ、これ買ったら次行くわよ」

リルは軽い調子に戻り、花を抱えてレジに向かう。俺も見舞い用の花を持って続いた。

それから会計を済ませて店を出た俺は、リルの指示で電車に乗り込んだ。今日はバイクで来ていなかったらしい。

「どこに向かうんだ？　まだコミュニケーション強化日間は続くんだろ？」

揺れる電車の中、俺の質問にリルはなぜか身体《からだ》をそっと寄せてくる。

「どこって、二人きりでいい運動ができるところ」

……なぜかとんでもなく意味深な回答が帰ってきた。今すぐコミュニケーションという言葉を辞書で引き直したい。

「経験、あるの？」

「……なんのことだ？」

俺は自分の喉が鳴ったのを自覚しつつ顔を逸《そ》らす。が、混んだ車両でうまく身動きは取れない。

「あの子たちのどっちかと、そういうことしたの？」

あの子たちというのが誰を指すのかはなんとなく分かったが、そうやって分かってしまう自分もそれはそれでどうなんだとも思った。

「ちなみにそういうあんたはどうなんだ？」

俺が逆にそう尋ねると、リルは真顔でぱちぱちと瞬《まばた》きをし始めた。そして。

「異性との交遊が多いかどうかで人の価値は決まらないと思うの」

「ああ、もうなにも言わなくていいぞ、大体分かった」

それからは無言のまま電車に揺られ、やがて目的の駅に辿《たど》り着いた。改札を出てリルの後ろをついて行き、どこまで行くのかと思いきや五分後、彼女が「ここ」と指差したのはドーム型の大きな競技場だった。

そうして中に入ると一面、競技用のトラックが広がっていた。見渡す限り、俺たち以外に人は誰もいない。リルは外套《がいとう》を脱ぐと、ぐっと伸びをする。それからスニーカーをとんと地面で鳴らした彼女は、俺の方を振り返ってこう言った。

「じゃ、早速ちょっと走らない？」

◆風に消えた過去

「理不尽だ……」

視界には青空、背中には固い地面。大の字で寝そべった俺は白い息を漏らす。全力疾走がこんなに疲れるものだったとは。

「情けないわね、うちのわんちゃんは」

ふと人影が俺を覗《のぞ》き込む。

先ほど行われた二百メートル走の勝者、リローデッドだ。

彼女は呆《あき》れつつも、自動販売機で買ったらしいペットボトルの水を差し出した。俺は一口飲んで再びその場に寝転ぶ。ジャケット、クリーニングに出すの面倒くさいな。

「たった二百メートル走っただけで普通そうなる?」

「仕方ないだろ、こちとら体育の授業はほぼ出ていないんだ」

しかも今の服装はジャケットにパンツに革靴、まともに走れるはずもない。

「ま、平均タイムよりは速かったんじゃない? リルには及ばないけど」

そう言うリルは、まるで朝シャワーを浴びたばかりかのような涼しい顔をしている。確か陸上をやっていると言っていたか。

「リルも本職はトラック競技じゃないけどね」

「それであの速さかよ。今すぐ世界を目指せ」

ふっと微笑《ほほえ》んだリルが俺に手を差し出す。が、俺はその手を借りずに起き上がり、あぐらを掻《か》く。するとリルもその場で俺の隣に座った。

「で、一体なにが目的なんだ?」

わざわざこの競技場に来た理由はなんなのか。まさか本気で二人きりの運動会がしたかったわけではないだろう。

「なによ、意図がないと二百メートル走をやっちゃダメって言うの」

ダメとは言わないが普通やんないだろ、二百メートル走。

「あなた、夜に電話を掛けてきた女の子に『なんの用だ?』とか平気で言いそうね」

「ああ、それでたまに夏凪《なつなぎ》にキレられる」

おいし
水

「仲良さそうね、あなたたち」

リルは膝を抱えて苦笑を浮かべる。

いまいち仲良くない事例を出したつもりだったが、なにを納得されたのか。

「…………」

それからしばらく無言の時間が続いた。リルは膝を抱えたまま、ぼーっと遠くの空を眺める。青い空、流れる雲。いつもあくせく動いている彼女と、こうしてゆったりとした時間を過ごすのは初めてだった。

「さっき本職はトラック競技じゃないと言ってたが、確か専門は棒高跳びなんだよな？」

俺はリルにそんな質問をする。今日の集まりは、互いのことをもっとよく知るためのもの。そして俺の話はもう花屋で聞いてもらった。であれば次はリルの番のはず……彼女はきっとなにかを話したくて俺をここへ連れてきたのだから。

「ええ、もう過去の話だけどね」

リルはやはり座ったまま、抜けるように青い空を見上げて言う。

「これでも昔はそこそこ名の知れた選手でね。向こうの国では大会でもずっと一番か二番だった」

向こうの国とはリルの故郷のことだろう。今、日本に滞在しているのは彼女にとって仕事に過ぎないはずだ。

「飽き性だった割には続いた趣味、というか生活の一部で、ああ将来はこれをずっとやってくんだろうなって漠然と思ってた」

「すごいな、リルは。俺は誇れることなんてなにもないぞ」

「それを誇らしく言うのはどうかと」

じとっと見つめてくるリルと目が合い、互いに一瞬破顔する。

「競技の詳しいことは分からないが、まだまだ現役でやれそうだけどな」

さっき、まざまざと見せつけられた脚力。それにこの約二週間、俺は何度もリルの身体能力の凄《すさ》まじさを目の当たりにした。あれは決して魔法の靴だけの力じゃないはずだ。

「二年前、大きな大会があったの」

するとリルは、俺の問いにはすぐには答えずそう切り出した。

「関係者も大勢見に来ていて、今後の進路や競技人生も左右される一発勝負の大舞台。怖いとか緊張するとかそういうのは特になかったけど、ただ勝ちたかった——あの子に」

「あの子？」

「さっき言ったでしょ？　どの大会に出てもリルは一番か二番だったって。リルが二番だった時に必ず一番だったのが、その子」

リルにとってのライバル、ということか。

「結構仲は良くてね。……まあ、学校は別だったし、大会とか遠征でたまに会うだけだったし、仲がいいとは言っても向こうがしつこくリルに話しかけてくるばかりだったけど」

なぜか早口になりながら頬をかくリルの姿は新鮮だった。

「つまりはその子に大会で勝つことが目標だったわけだ」

「ええ、多分向こうもそう」

リルは昔を思い出すように、そのライバルの少女のことを語る。

「その大会の話をあえてしたことはなかった。でも、あの子も意識していたのは分かってた。あの大会はリルたちにとって、なにより大事な舞台だった」

でも、とリルは唇を噛《か》む。

「あの子は大会に来なかった。リルは優勝したけど、あの子に勝ったわけじゃなかった」

どうして来なかったのか、とは訊《き》かなかった。

訊くまでもなくリルが語るという確信があった。

「大会前夜、あの子は自主練のランニング中に亡くなった」

冷たい風が吹く。

殺されたの、とリルは言った。

ふいに、近くに置かれた花が目に入った。

それはリルがこの競技場へ来る直前、花屋で買った白いユリだった。

「犯人は見つかったのか？」

悪い癖だと思った。真っ先に訊くべき質問ではない。昔はシエスタに注意したことすらあった。それをいつの間にか自分でやる日が来ようとは。

「ええ、見つかったわ。でも、捕まってはいない」

リルはどこか遠くを見つめる。

その細めた両目はまるで、なにかを睨《にら》んでいるようだった。

「その子を殺したのは、とある世界の敵。

優秀な遺伝子を持つ生物を殺して喰《く》らう、最悪の魔人。

コードネームは《暴食》」

そのコードネーム、というより単語自体には聞き覚えがあった。

「七つの罪を名に冠した七人の魔人。彼らの存在はまとめて一つの《世界の敵》と見做《みな》されていた」

――七つの大罪。国や宗教、時代によって多少異なるものの、古くから人間を罪に堕《お》とすと考えられてきた特徴的な七つの感情のこと。傲慢、強欲、色欲、嫉妬、怠惰、憤怒、そして暴食。二年前、リルのライバルだった少女を殺害したのは、その《暴食》なのだと彼女は語った。

「あの子が殺された現場の路上には血だまりがあって、でも骨も肉も残ってなかった。全部、全部、食べられたの。暴食の魔人に」

残っていたのは片足分のランニングシューズだけだった、と。リルはそう付け足した。

「……当時、もうリルは《暴食》や《世界の敵》のことを知っていたのか？」

その質問にリルは首を振る。

「地元での報道はあくまでも、猟奇的殺人事件として扱われていた。だけどどうしても納得ができなくて、自分なりに色々調べて、でも素人にはなにも分からなくて……それから半年近く経《た》ったある日、彼に出会った」

首をひねった俺にリルは「スティーブンよ」と言った。

「君には見込みがある、そう言われた。我々の仲間にならないかってね」

「《調律者》への勧誘か」

スティーブンが特別そういう役目を引き受けていると聞いたことはない。だがたとえば数年前、《名探偵》たるシエスタは後に《巫女《みこ》》となるミア・ウィットロックを悪辣な宗教団体から保護した経験があるという。そうやって《調律者》同士が引き合わせられることは昔からあったのだろう。

「胡散臭《うさんくさ》い言葉で、信用できない世界の裏側を蕩々《とうとう》と語られたわ」

リルは当時スティーブンと交わしたという会話を回想する。

「《世界の敵》、《調律者》、《連邦政府》、なにもかもがどうでもよくて、つまらなくて、だからリルは話を途中で打ち切って彼にこう訊《き》いた。それで、あなたの話に今すぐ乗ればリルは《暴食》をぶっ殺せるのかって」

「その答えは？」

「イエスだった」

リルは続ける。

「だからリルはその日《調律者》になることに決めた。あの子を殺した敵を、この手でいつか殺すために」

今のリルの右手に魔法のステッキはない。

でも彼女の拳は確かになにかを固く、固く握りしめていた。

「あんたが今、なにより効率を重視して敵を倒し回っているのも、早くその《暴食》に辿《たど》り着くためか？」

「ええ。ただ、今《暴食》はとある事情で《世界の敵》の認定からは外れてるんだけど」

……とある事情、か。一度、世界の敵や危機に認定されておきながら、それが除外されるケースもあるとは知らなかった。だが彼女の口ぶりからすると、まだこの世界のどこかに暴食の魔人はいる。

「いつか必ずまたあいつは現れる。リルはその日が来るまで腕を磨く、敵を倒す、そして《暴食》を討つのは《魔法少女》であるべきだと、政府高官や同業者たちに分からせる。絶対誰にも手出しはさせない」

リルは決意のまなざしで宣誓する。

昨年初秋の《連邦会議》、そこでリルは同業者と……他の《調律者》と喧嘩《けんか》になっていた。リル曰《いわ》く《調律者》は全員、己の使命に専念すべきだと。与えられた任務だけをこなすべきだと、そう言っていた。彼女は他の誰にも《暴食》に触れられたくなかったのだ。いつかそいつを確実に自分の手で殺すために。

「俺はいいのか？　あんたの仕事の手伝いを今もしているが」

「あなたは《調律者》じゃないもの、別にルール違反じゃないわ」

それに、とリルは俺に顔を向ける。

「《特異点》であるあなたがいれば、きっと敵は向こうからひとりでにやって来る。事実この二週間、あなたと行動するようになって《百鬼夜行》はものすごいペースで起きてる」

「おばけに大人気ってのも考え物だな」

俺の軽口にリルは一瞬だけ笑みを湛《たた》えて、すぐに真面目な顔に戻って言う。

「効率主義だってバカにされても構わない。私はこの足で、最短距離で願いを叶《かな》える」

一人称がいつもの「リル」から「私」に変わった。

そして彼女は俺に右手を差し出す。

「今の私には、あなたを釣るための情報の餌はない。さっき話した過去で別に同情を引こうってつもりもない。それでも私はあなたにこう頼む。お願い、これからも協力して」

差し出されたリルの右手。俺はその手を取ろうとして、不意にこの前のクリスマスの出来事を思い出した。

俺はあの時、同じように差し出された夏凪《なつなぎ》の右手をこの手で取った。左手はもう埋まっているからと。それでもこの空いた右手は夏凪のためにあるからと。

──じゃあ、今は？

『ただ、すべてを抱え込もうとすると、いつかその両手から大切なものが零《こぼ》れ落ちてしまうことはある。それだけはどうか覚えておいてください』

ふとノーチェスに言われた台詞《せりふ》が頭にリフレインした。

すでに両手が塞がっている俺は、今リローデッドのためになにができるのか。彼女に向けて伸ばしかけていた手が、思わず一瞬停止する。

魔法少女の瞳が、暗く揺れた気がした。

「……っ」

その直後、突然彼女は胸を押さえ始めた。

「リル！」

間もなく苦悶《くもん》の表情を浮かべて倒れ込む。荒い呼吸、吹き出す汗。

どう見ても尋常ではない。俺は救急車を呼ぶべくスマートフォンを取り出す。

「……待、って」

しかしそんな俺の手を、リルの伸ばした手が掴《つか》んだ。

「じき、に、車が来る、から……あとは、それに、乗っ……」

「リル、しっかりしろ！」

そうして魔法少女は意識を失った。

◆もう一人の闇医者

一時間後、俺は古びた病院の待合室にいた。

そこはシエスタが入院している場所とはまた別の、小さな診療所のような施設。リルが倒れる直前に言った通り、あれから間もなく黒塗りの車が競技場に乗り付けてきて、俺はリルをここへ運んだのだ。

待合室に他の患者はいない。それどころか受付にすら人はいなかった。

リルの処置が終わるのを待つ間、俺は長椅子に座ったり立ったりを繰り返していた。時計の秒針の音がやけに大きく感じられるのは、我ながら焦っている証拠だろう。だが今、自分にできることはなにもない。ただひたすら治療が終わるのを待っていた。

「待たせたね。落ち着いたよ」

処置室から医師が戻ってきたのは、それから三十分後のことだった。

白髪が混じった五十代ぐらいの痩身の医者は、リルの容態が安定したらしいことを俺に伝えた。思わず立ち上がっていた俺はホッと椅子に腰を下ろす。——無事だったか。

「あいつは、どこか身体《からだ》が悪いのか？」

俺はリルの治療を担当したらしいその医師に尋ねる。

急に体調を崩したリローデッド。まさか、なにか持病でもあるのか。今まで虚弱体質を抱えているようには見えなかったが。

「元アスリートの少女だ、肉体はむしろ完成され過ぎている。少なくとも身体を病魔に冒されているということはない。本来なら健康体そのものだ」

医者は低いくぐもった声でリルの身体について説明する。

ただその中で「本来なら」という言葉に少し引っ掛かりを覚えた。だが同時に、そこまでリルの健康状態を熟知しているこの男の正体がなにより気になった。

「あんた、何者だ？」

「闇医者だよ」

男は瘦けた頬《こ》に皺《しわ》を刻みながら、シンプルな肩書きで己を括《くく》った。

「どこかで聞いた職業だな」

「ああ。事実、恐らく今君が思い浮かべているその人物と私は関わりがある。今そこの処置室で寝ている少女を診るように指示を与えているのも、彼だからね」

確かリルもそんなことを言っていたか。今はスティーブンではなく、別の人物に身体《からだ》や武器のメンテナンスを頼んでいると。それがこの闇医者か。つまりこいつも色々な裏事情は把握していると見ていい。

それから闇医者は「ドラクマだ」と自分の名を名乗った。本名か、あるいは通り名……コードネームのようなものだろう。

「それにしても、なぜリルが倒れたらすぐに迎えの車が来た？　恐らく運転手は《黒服》だろうが」

「患者の守秘義務に関わることだ。私から言えることはない」

これでも医者の端くれだ、とドラクマは薄く笑う。

「じゃあ、そもそもなぜリルは倒れた？　病気ってわけじゃないんだろ？」

「同じ回答だ。本人が目覚めたら訊《き》いてみるといい。無論、彼女が自ら教えてくれるかどうかは分からないが」

微妙な沈黙が流れる。かと言ってリルを置いて帰ることもできない。

まだその場に留《とど》まっているドラクマに対して俺はこう切り出した。

「あんたがあのスティーブンから仕事を受けているほどの名医だと踏まえて、一つ訊きたいことがある」

「名医じゃない、闇医者だ」

ドラクマが自嘲する。初めて一瞬見せた人間らしい表情だった。

「あの患者以外のことであれば答えよう」

ああ、俺が今から尋ねようと思っているのはリローデッドのことではない。

「身内に、心臓に重大な疾患を抱えた少女がいる」

そう言うとドラクマはすっと目を細めた。

「今のところ、移植以外に手はないと言われている。だがそう簡単にドナーが見つかるはずはない。闇医者であるあんたなら他に、どんな治療方法を考える？」

「完全に同じ遺伝子情報を持つ臓器を複製し移植すればいい」

ドラクマはまさしく闇医者らしく、突飛な解決策をさらりと口にした。

「本当にそんなことが可能だと？」

「たとえば昔、神の手を持つ医師スティーブン・ブルーフィールドは生体アンドロイドすら作ってみせた。それほどの男が、レシピエントが拒絶反応を起こす心配のない人工臓器を提供してみせたとして、そう驚くことはないだろう」

……それは確かにそうだ。事実あの男は人工心臓を作り出し、ノーチェスという存在を成り立たせた過去がある。にもかかわらず、スティーブンはシエスタに対して同じような措置を取ろうとはしていない。

だが無論、怠慢が理由であるはずがない。人命救助を自ら至上命令としている医者だ。それでもスティーブンがシエスタに対して有効な治療を行えていないということは、きっと俺の想像が及ばない原因があるのだ。

「あんたは、スティーブンの居場所を知っているのか？」

やはり俺はもう少しあの医者と話さなければならないことがある。そう思ってドラクマに尋ねた、その時だった。

「——今すぐこいつから離れて、君塚《きみづか》！」

小さな医院の扉を開け放ち、一人の少女がずかずかと待合室へ入ってくる。夏凪《なつなぎ》だ。そして彼女は俺の隣に並び、少し離れた場所に立つドラクマを鋭い視線で睨《にら》みつけた。

「夏凪、一体なにを？」

だがこの場で困惑していたのは俺一人。ドラクマはどこか懐かしむようにして夏凪を見つめると、低い声でこう口にした。

「ああ、久しぶりだね。６０２番」

三桁の数字。おおよそ人を呼称する時に使うものではない。

だがそれでも。その三桁からなる番号が夏凪渚《なぎさ》を指していると俺が理解できてしまったのは、いつか昔そんな話を聞いたことがあったからだった。

「あの時、施設でも言ったはずよ」

夏凪がドラクマを赤い瞳で睨む。

「あたしの名前なら、名探偵の女の子が上書きしてくれたんだって」

ああ、やはり。俺はそのエピソードを知っている。

夏凪がまだ子どもだった頃、とある孤島の研究施設で過ごしていた時の話。そして今、因縁の相手に向けるかのような夏凪のまなざしを見て、その真実に思い至る。

ドラクマとは、《SPES》《スペース》の研究施設の責任者だった男だ。

◆悪のいない復讐譚《ふくしゅうたん》

今から遡ること六年以上前。夏凪渚、シエスタ、アリシアという三人の少女はとある絶海の孤島に建てられた《SPES》の実験施設で暮らしていた。

そこでは治験と称して《原初の種》《シード》の遺伝子が少しずつ人間の子どもたちの体内に組み込まれていたという。すべてはシードが己の身を移すための器を作る実験だ。そこで暮らす子どもたちは大きな苦痛を伴う苛烈な治験を受け続けてきた。

ところがそんなある日、施設の秘密に気付いたシエスタたち三人の少女は、シードに反旗を翻そうとし——失敗に終わる。

夏凪《なつなぎ》とシエスタの二人を庇《かば》って矢面に立ったアリシアは、シードの《種》の副作用に耐えきれずに命を落とした。その光景を目の当たりにした夏凪は、精神的なショックから人格をヘルに取って代わられる。そしてシエスタは施設での記憶を奪われたものの逃走し、後に俺を助手に任命して《SPES《スペース》》と戦う旅へ出た。それが三人の少女たちが迎えた、あの研究施設での物語の末路だった。

「……あんたが、あの施設で夏凪たちを」

当時《SPES》には人間の協力者も多くいたという。その代表がたとえばこの闇医者。

ドラクマは俺と夏凪の視線を浴びながら、遠い目をする。

「まだ六年と少しか。もう遥《はる》か遠い昔のように思っていた」

「他人事《ひとごと》のように言える立場じゃないだろ」

ドラクマの態度に苛立《いらだ》ちが抑えきれなかった。

俺がさっき心臓移植の話をしていた時も、その患者がシエスタだと分かっていたのだろう。なのにまるで自分は無関係かのように淡々と喋《しゃべ》っていた。遠因は間違いなくこの男にあるにもかかわらず。

「その後、喉の調子は変わりないかな」

ふいにドラクマが夏凪に話しかけた。

夏凪は一瞬肩を跳ねさせ「喉？」と訝《いぶか》しげにする。

「シードの《種》の影響だよ。あれは人体の器官に多大な影響を与え、時に細胞や臓器の機能を拡張することもあれば、その反対に深刻なダメージを残すこともある」

ドラクマの説明に幾つかの例が頭に浮かぶ。

コウモリの「耳」、斎川《さいかわ》の「目」、シエスタの「心臓」、じゃあ夏凪は？

それがドラクマの言った「喉」だと？

「まだその器官に具体的な名称はついていない。が、ヒトの鼻腔《びこう》と咽頭の間に未知の臓器のようなものが隠されていることが最近の研究により明らかになってね。シードの《種》は君のその器官に最も根付き、特別な機能をもたらしたと思われる」

「あたしの喉に？　紅《あか》い目とは、また別に……」

夏凪は自分の喉にそっと触れ、ドラクマの説明を咀嚼《そしゃく》するように押し黙る。

主に彼女がヘルとして生きていた頃に使っていた、他人に自分の言うことを聞かせる洗脳のような能力。あれは紅い目というよりも、本当は喉付近にあった未知の臓器による力だったのだと、ドラクマは種を明かした。眼光ではなく声の力——言霊《ことだま》だ。

「人体をそのまま複製していたシードであったがゆえに、人類にとってまだ未発見だった器官にさえも特別な力を宿すことができたのかもしれない」

ドラクマは言いながら、昔を思い出すように目を細める。

「なぜ当時あんたはシードに協力をしていた？」

「君は本当にそんなことが知りたいのか？」

するとドラクマは俺の質問に問い返す。

「仮にここで私がなにか同情できる過去や、納得できる動機を語ったとして、君たちが満足することはあるのだろうか」

むかつく正論だった。俺がそれに対して反駁《はんばく》しようとするとドラクマは、すっと指を突き出した。

「少なくとも、その子は特段知りたくないようだが」

気付けば夏凪《なつなぎ》は顔を背けていた。

……そうだ、今一番優先すべきは彼女の感情だ。辛《つら》い体験をした過去を思い出したくない気持ちは当然あるだろう。だとすると俺はなにも言えなかった。

本当はこの医者に謝らせたかった。夏凪やシエスタやアリシアが受けてきた仕打ちを考えれば、過去の罪を懺悔《ざんげ》して当然だ。……だがそれは俺の私情。当事者にもなれなかった俺が、好き勝手に鬱憤を晴らす権利はない。それは分かっている。

「けど悪い、夏凪。今しかないんだ」

そのうち俺は大人になる。二年経《た》ったら文句なく成人だ。今より物分かりが良くなって、何事にも冷静になって、感情的になることも減るだろう。……だから許せ、夏凪。最後の機会なんだ、俺がこいつに怒りをぶつけられるのは。

「君塚《きみづか》……」

夏凪が見守る中、俺はドラクマに迫る。背はそう変わらない、白衣姿の痩せた男。こいつがどれだけ夏凪を、シエスタを、アリシアを苦しめたのか。

だが、肝心な言葉は出てこない。この怒りを、悲しみを、散ったものを、そのすべてを埋めて取り返せるだけの言葉は浮かばなかった。

「悪かったと思っている」

先に口を開いたのはドラクマの方だった。相変わらず表情変化の乏しい顔で俺に……いや、過去の三人の少女に向けて、謝罪の言葉を語る。

「かつて私は己の使命と目的のために被験者たちの時間を奪った、記憶を奪った、人格を奪った、命を奪った。すべてを奪った」

今改めて謝ろうと、ドラクマは言った。

なんの抵抗もなく。悪の総大将のように高笑いをして俺たちを嘲ることもなく、俺が心の中で要求していた通りにドラクマは謝罪した。

この男の元の性格や態度や容姿は詳しく知らない。昔はもっと巨悪の象徴のような男だったのかもしれない。

だが少なくとも今のドラクマはもう、俺たちが心から怒り、憎悪し、立ち向かわなければならないほどの敵ではなくなっていた。時は経《た》ち、風化した悪人は虚《うつ》ろな目をしたただの中老になっていた。悪はいつまでも、正義に倒される日を待ってはくれないのだ。

「だから、リローデッドも」

ふと、さっき競技場で聞いた彼女の話を思い出した。きっと魔法少女も、自分が正義を遂行できなくなる可能性を恐れている。今改めてその気持ちが分かったような気がした。

「一つだけいいか、ドラクマ」

もはや敵ですらなくなった男に、それでも俺は最後に言うべきことがあった。

「お前はすべてを奪うことなんてできてない」

ドラクマが口にしたその言葉だけは、どうしても訂正しておかなければならなかった。

「確かにアリシアは命を失ったが、大切な仲間を庇《かば》って最後まで戦った。シエスタは記憶を失ったが、倒すべき敵の存在だけは忘れることはなかった。夏凪渚《なつなぎなぎさ》も一度は人格を失ったが、また自己を取り戻して今ここに立っている。お前は彼女たちのそんな誇りだけは奪うことはできていない」

我ながらめちゃくちゃだ。この男に謝ってほしかったはずが、今はその逆だった。

けれどドラクマという男は、夏凪を、シエスタを、アリシアを、なに一つ傷つけることはできていない。彼女たちの魂は、誇りは決して穢《けが》されていないのだ。だから――

「――君塚《きみづか》」

ふわりと柔らかい風が吹くように。

夏凪がそっと俺の肩に寄り添った。

「ありがとう、あたしたちのために怒ってくれて、泣いてくれて」

泣いている？　一体誰が、と思ったら視界がわずかに滲《にじ》んでいた。

やはり大人になるまでには、もう少しだけ時間が掛かりそうだった。

「罪を犯した人間にできるのは、必ずしも贖罪《しょくざい》だけじゃない」

俺の代わりに夏凪がドラクマに言った。

「あたしたちに必要なのは、新しく生き直すこと」

夏凪もまたヘルとしての罪を背負っている。

きっとそんな彼女だからこそ言えることがあった。

「少なくともあなたは、あたしに対して謝罪しなくていい。贖罪もいらない。反省も言い訳もなにひとつ必要ない。ただあなたは医者だから――人を救って」

ドラクマは顔色を変えない。

夏凪の激情に心を動かされて涙を流すだなんて、そんなご都合主義は起こらない。もうそんなフェーズは終わってしまったのだ。今やドラクマは敵ですらないのだから。

だがきっと今後もこういうことは起こるだろう。夏凪《なつなぎ》の激情が通用しない、理不尽な悪意ですべてを塗り変える相手はいつか現れる。そいつが敵として立ちはだかった時、夏凪は……俺たちはどうするのか。ふと一人の男のシルエットが頭をよぎった。

「魔法少女はもう少し安静にしておく必要がある。目が覚めたら連絡を入れよう」

それからドラクマは俺にタブレット端末を渡した。なんとなくこの男に連絡先は教えたくなかったから助かった。俺は夏凪とアイコンタクトを交わし、踵《きびす》を返す。

「一応、最後に尋ねておいてあげる」

立ち止まった夏凪が背中越しに訊《き》いた。

「昔あなたはあの場所で、人生を賭けてなにをやりたかったの？」

一瞬の沈黙の後。

「ヒトを作る研究がしたかった」

ドラクマは言った。

私も《発明家》になりたかったのかもしれない、と。

「仮にいつかスティーブンの席が空いたとしてもそれは無理ね」

夏凪は振り返ることなく、こう言い残して立ち去った。

「今も昔も、世界最高の発明家は、あーちゃんだから」

◆探偵を呼ぶ雨声

病院を出た俺と夏凪はそのまま二人並んで歩いていた。

さっきの院内での出来事がぐるぐると頭の中を巡り、思考を切り替えようと上を向く。と、いつの間にか曇天が広がっていた。

「一雨来そうだな」

「ほんとだ、今日は晴れって言ってたのにね」

それ以上の会話はなく、再び小さな歩幅でアスファルトを踏む。

現状、特に目的があるわけではない散策。しかしとりあえず最寄り駅に向かってもいいだろうか。リルが目を覚ますまでどれぐらい時間が掛かるか分からない今、一度家に帰るべきかもしれない。

「天気の話だけして、その後は沈黙って」

すると、たまらず夏凪が吹き出した。

「初対面の人の会話じゃないんだから」

「悪い、ちょっと考え事してた」

俺は咳払《せきばら》いを挟み、それなりに親しい間柄ならではの会話に切り替える。

「下剤と下痢止めを同時に飲むと、下剤の方が効いて下痢になるらしいぞ」

「雑談下手すぎるでしょ」

夏凪《なつなぎ》は信じられないものを見るかのような視線を俺に向ける。

「雑談と雑学の境界線って難しいな」

「そんなレベルの話じゃないけどね」

「そうは言いつつ付き合ってくれる夏凪のことが俺は好きだぞ」

「はいはい、世界一軽い好きをどうもありがとう」

夏凪はぷんぷん怒りながら持っていたハンドバッグをぶんぶん振り回す。昨日はああいう別れ方をしてしまったが、いつも通りのやり取りができて若干ホッとする。

「そういえば、どうして夏凪はドラクマの居場所を知っていた？」

さっきは話の流れで聞きそびれてしまったが、なぜ夏凪はドラクマのいるあの医院を訪れたのか。

「大神《おおかみ》さんと一緒にスティーブンの居場所を探るうちに、ドラクマの存在に辿《たど》り着いたの。吸血鬼のことを調べるのも大事だけど、あたしにとってはスティーブンに話を聞くことも同じぐらい重要だったから」

「……そうか、シエスタの目を覚まさせるヒントをスティーブンから得るために」

そのために夏凪はずっと行動していた。政府から派遣された大神を簡単に受け入れたのもそれが理由か。願いのためなら手段は惜しまないと。

「その大神はどうした？　今日は一緒じゃないのか？」

「いないよ。あたし一人で決着をつけるつもりだったから」

……ああ、今日はそのために夏凪はドラクマを訪ねたのか。

「だとしたら悪かったな、俺が邪魔して」

「あはは、まさか君塚《きみづか》がいるとはね。びっくりした」

夏凪はそう言いながら俺を数歩分追い越すと、

「でも、やっぱり君塚がいて良かった」

振り向いて、俺にそっと笑いかけた。

「君塚の方は、あの子のために病院に来てたんでしょ？」

あの子とは当然リローデッドのことだ。

「大事に思ってるんだね、彼女のこと」

夏凪はさらりと言いながらまた歩き出す。

「悪いな、最近ずっと付き合い悪くて。俺はお前の助手なのに」

「いつか本当に大神さんに取られちゃうかもよ、そのポジション」

なによりも心にグサリと来る台詞《せりふ》だった。

「それでも、あの子がほっとけないんでしょ？」

「まあ、な。あと、なんとなく夏凪《なつなぎ》に似てる気もして、つい一緒にいてしまう」

「え、そう？　キャラ被《かぶ》ってるかなあ」

夏凪はスマートフォンを取り出し、カメラ機能で自分の顔を見つめながら頬を摘《つま》んだりする。別に外見がどうこうという話ではないのだが。

「ん、というかあたしに似てたらなんで一緒にいたくなるの？」

「それはさておき、リローデッドみたいなタイプの人間を励ましたい時、どうするのが適切だと思う？」

夏凪が余計なことに勘づきそうだったため、俺は話題を変える。きっとリルと夏凪には通ずるものがあるはずだった。

「うーん、普段隙がないように見える子でも、本音では誰かに甘えたい瞬間はあるんじゃない？　それこそ落ち込んだり弱ったりしてる時なんかは、普段の頑張りを認められたいって思うんじゃないかな」

「なるほどな。具体的にどう甘やかすかは難しそうだが」

それこそあの強気なリルが人に甘えている絵はまるで思い浮かばない。

「たとえば頭を撫《な》でたりとか？」

夏凪はチラッと俺を見上げるようにしながら、少し身を屈《かが》める。

「そうか、すごく参考になった」

「たとえば頭を撫でたりとか！」

今の夏凪は元気一杯らしい。よかった、よかった。

「ん、雨か？」

ふと濡《ぬ》れた感触が首筋に走る。

ぽつりぽつりと雨粒が落ち始め、やがて一気にスコールに変わった。

「はい、君塚《きみづか》反省して」

「雨男体質まで持ってる自覚はないんだけどな」

傘を持っていない俺たちは一旦雨宿りができそうな軒先を見つけ、そこまで走ろうとしたところで……ふと一台の車が目の前に止まった。

ただの車じゃない、警察車両だ。そして窓が開き、運転手が顔を出す。

「よお、くそがき。乗るか？」

紅髪の警察官──加瀬風靡《かせふうび》。

俺は夏凪と一瞬アイコンタクトを交わし、後部座席に乗り込んだ。やはり持つべきものは警察官の知り合いである。

「ありがとう、でもなんであなたがここに？」

夏凪は少し濡れた髪の毛をハンドタオルで拭きながら風靡さんに尋ねる。パトカーはすでに走り出していた。

「実はさっき通報があってな。この先にある大きなオフィスビルが一棟丸ごと、何者かに占拠されたらしい。アタシはそこに向かう途中だった」

「っ、立てこもりか？　犯人の人数や武器は？」

そう訊《き》くと風靡《ふうび》さんはバックミラーで俺に一瞥《いちべつ》をくれると「一人だ」と言った。さらに。

「面白いことに、そいつは人間ではなく天狗《てんぐ》の姿をしているらしい」

首をかしげる夏凪《なつなぎ》。だが天狗と聞いて、俺には一つ心当たりがあった。

「《百鬼夜行》の主だ」

実はちょうど昨晩のパトロールで、リルがその存在を口にしていた。

——白天狗。

普段は人里離れた山奥に住んでいるが、人類に対してなにか大きな警告をする際に、数多の妖怪や精霊を伴って現れる《百鬼夜行》の主なのだという。昨晩のあの白いカラスの群れを裏で率いていたのもその《白天狗》という親玉らしい。

「……それで、風靡さん。まさかとは思うが、俺たちに対処させる気か？」

「いやあ、偶然お前らを拾えて良かった。ツイてるな、今日は」

どうやらこのパトカーは無料のタクシーではなかったらしい。さっき通報があったと言っていたがそれは一般市民からではなく《黒服》からの情報共有か。

「アタシもどうにかしたいんだがな。あの魔法少女は嫌うだろ、勝手に自分の仕事に手出しをされるのが」

「だけどその理屈ならあたしたちも……あ、そっか、君塚《きみづか》なら許されるのか」

夏凪がポンと手を叩《たた》く。

「警察官として交通整理という名の人払いはやってやるから安心しろ」

「なに一つ安心じゃないんだよな……」

そうして車は現場付近に到着した。

天候はすでに局所的大雨というレベルを超えて、マンホールや排水溝からは水流が吹き出している。《百鬼夜行》は時に自然現象として目に見える形で現れるという。この場にリルがいれば、《白天狗》が天候を操り自分の存在を誇示しているのだと説明していたところだろう。

「あそこだ」

風靡さんが運転席から高層ビルを指差す。そこに《白天狗》がいるのか。

「けど、本当に俺たちが行くべきなのか？」

相手は仮にも《百鬼夜行》の親玉。専門家ではない俺たちが行ってどうにかなる問題なのだろうか。やはり、リルの体調が整うのを待った方が……。

「聞こえる」

夏凪が呟《つぶや》いた。

「誰かの声が、聞こえる」

彼女は例のビルを見つめていた。

そこに誰かいるのか。誰かの声が聞こえるのか。

「助けてって、誰かが言ってる」

この距離だ、聞こえるはずがない。雷も鳴っている。空耳だろう。

……そう言うのは簡単だった。だけど。

「風靡《ふうび》さん、一応いつでも連絡がつくようにしといてください」

「なんだ、結局やる気になったか」

「物語はこうやって動かすものだって歴代の探偵から教わったので」

俺がそう言うと風靡さんは「歴代の、な」と復唱して薄く笑い、

「これは手土産だ」

運転席から身体《からだ》を捻《ひね》って、俺に黒塗りのブツを渡した。

「バレたらクビじゃ済まないだろ」

「安心しろ、私物だ」

「警察官が私物の銃を持ち歩き出したら世も末だろ」

俺は夏凪《なつなぎ》と共に車外に出た。

探偵の耳には届いたという依頼人の声を探しに。

◆天より墜つる凶悪

薄暗いオフィスビルの中に人影はなかった。

最初はテロリスト然とした《白天狗《てんぐ》》によって人々が追い出されたのかと思ったが、どうも争われたような気配もない。まるでなにかそれらしい原因によって初めから人がいなかったかのようだった。

「停電で仕事にならないからみんな帰っちゃったとか？」

「それはあるな。天狗の神隠しよりはそっちを信じたい」

スマートフォンを懐中電灯として使いながら「先に行こう」と、夏凪と共にフロアを上に進む。三十五階建てというオフィスビル。エレベーターは電源が落ちているため使えず、階段を上ってワンフロアずつ人の有無を……そして《白天狗》がいないかどうかを確かめていく。

「さっき言ってた声は聞こえるか？」

「うん、もっと上の方。なにを喋《しゃべ》ってるかまでは、はっきり分からないけど」

夏凪にだけ聞こえるという謎の声。一体どういう理屈なのか。だが物事には必ず理由が、原因があるという。だからこそ時はスムーズに流れ、矛盾が生じることなく地球は回っている。少なくともそう見える。

けれど確かにひずみはある。目に見えないだけで矛盾は存在する。そういった齟齬《そご》を陰でそっと解消するのがたとえば《黒服》で、あるいはその逆が《百鬼夜行》なのかもしれない。目には見えない、本来この世界にいるはずのない百鬼たちは、その矛盾を自然現象として顕在化させて訴える。自分たちはここにいると。

そうして時間を掛けてビルをぐるぐると見て回り、ようやくそれらしきものを見つけたのはおよそ四十分後。二十七階フロアの大きな窓を背に、そいつは佇《たたず》んでいた。

「……なに、あれ」

夏凪《なつなぎ》は緊張を孕《はら》んだ表情で、十メートルほど向こうにいる百鬼の主を見つめる。だが正確に言えばあれが、《白天狗《てんぐ》》かどうかは分からなかった。事前に聞いていたイメージ通りであれば、たとえ異形な者であろうともう少しスムーズに受け入れられたかもしれないが……このオフィスを支配するように佇むそいつは狗《いぬ》だった。

赤い鼻の天狗ではない——白い狗。

だがそれがただの野良ではないことは分かる。どんな大型犬でも、今ここにいるあいつのように全長が三メートルを超えることはないからだ。

そんな狼《おおかみ》のような白狗は、俺と夏凪をじっと金色の瞳で見つめていた。びりびりと伝わる空気に身動きがとれない。蛇に睨《にら》まれた蛙《かえる》とはこんな気持ちだろうか。

「君塚《きみづか》、どうするの？」

夏凪が俺の袖口を引く。ターゲットは見つけたがどうするか。俺は昨日リルが雑談混じりに語っていた《白天狗》の封印方法を思い出し、実行に移す。

「あんたが百鬼の主か？」

思い切って俺はそう話しかけてみる……が、返事はない。それも当然、相手は犬だ。

一方、夏凪が哀れみの目で俺を見ていた。

「君塚、友達がいないからってペットに無限に話しかけちゃうタイプなんだね……」

「理不尽だ。天狗っていうぐらいだから、人の言葉も分かるかと思ったんだよ」

それにこれは専門家であるリル自身が言っていたことだった。

『《白天狗》の対処方は話を聞いてあげること、それだけよ』

だが肝心な言葉が通用しないとあってはどうしようもない。昨晩の白カラスの群れと同じ状況だった。

「こうなるならもっとリルのペットとして飼い慣らされておくべきだったな」

「同じ犬だったらコミュニケーション取れたかもみたいな浅はかな発想やめて」

そんな軽口を飛ばしていたところ、まるで思いが通じたかのように《白天狗》が動いた。

のっそりと巨体を持ち上げ、大きな口を開く。

「■■■■■■■■■■」

なにかを言った。が、分からない。俺の耳が捉えたのは獰猛《どうもう》な獣の唸《うな》り声《ごえ》。到底、意味のある言葉には聞こえなかった。

「――え？」

惚《とぼ》けたような、あるいは驚いたような短い声が漏れる。

夏凪《なつなぎ》だ。そしてわずかに動揺したまま彼女はこう訊《き》いた――あなたなの、と。

「まさか、ずっと聞こえてたっていう声か？」

「うん。このビルに入る前から、あたしに話し掛けてきてた声。間違いない」

「そうか、夏凪の方がペット適性はあったか」

「倍殺し！　そうじゃなくて」

夏凪は真剣な表情で俺にこう言う。

「《言霊《ことだま》》だよ」

そのワードに思わず肩が跳ねた。

ドラクマの医院でも話に出た能力。恐らくヘルは紅《あか》い目に加えてその力を使って、他人に自分の言うことを強制的に聞かせていた。

「厳密に言えばあの子の能力とは少し違う。でも、なんていうんだろう。発話者の言葉《こえ》が直接脳に送り込まれてる、みたいな。そういう感じ」

「……正直、俺には全然分からないんだが、つまり夏凪には《白天狗《てんぐ》》の言っていることが感覚的に分かると？」

夏凪は「そういうことみたい」と少し自信なげに頷《うなず》く。

かつて《言霊》を使いこなしていた身ゆえに、《白天狗》の言葉も伝わるのだろうか。

夏凪の中からはヘルの人格も消え、その能力も完全に失われたものと思っていたが……。

「[redacted]」

また《白天狗》がなにかを喋《しゃべ》った。夏凪は頷きながら通訳を試みる。

「自分は百鬼の代表として来ている。お前を使徒としたいって」

使徒って分かる？　と、夏凪が俺に訊いてくる。やはり言葉の意味は分からずとも、頭に自然と言葉が浮かんでくるらしい。

「多分、俺たちに……いや夏凪に、伝令のような役割をさせたいってことだろう」

夏凪は頷き、《白天狗》の言葉に耳を傾ける。

「世界には、過去や未来を記録するための装置が幾つかある。聖なる書、終わりの時計、鍵のかかった筐《はこ》、自分のような存在もそう。それらは警告のためにある」

しかし夏凪もすべてが分かるわけではないのか、途切れ途切れになりながら《白天狗》の言葉を代弁する。奴《やつ》の言う警告とは一体なんなのか。

「静かに眠る百鬼の安全を脅かすな、みたいな人類への警告か？」

「違う」

俺の仮説に夏凪《なつなぎ》はすぐに首を振った。

「あたしたちに教えてくれてるんだ」

一体なにを？

「このままだと近い未来、百鬼も人類もみんな大いなる災厄に飲み込まれるって」

「大いなる災厄？　新しい《世界の危機》か？」

疑問が次々に湧く中、気付けば《白天狗《てんぐ》》の眼《め》は俺の方に向いていた。そして獣の大きな口は再び《言霊《ことだま》》を吐き、遅れて夏凪が訳をする。

「ソレは世界を外側から破壊する。そのためのコードを持っている。止められるのは、ソレの逆位置にいる者だけ」

曖昧な言葉が続く。分かるのは大いなる災厄、あるいは巨悪の襲来を《白天狗》が予言しているということだが……コードとはなんのことか。逆位置とは一体。

次の《白天狗》の言葉を待っていた俺のジャケットの内側でなにかが振動した。最初それはリルが回復したというドラクマからの連絡かと思ったが、しかし鳴っていたのは俺のスマートフォン。画面には加瀬風靡《かせふうび》という文字があった。

どうしようもないピンチの時には連絡するつもりだったが、向こうから掛けてくるのはどういうわけか。疑問に思いながらも通話ボタンを押し「もしもし」と言う前に、その声は電話口から聞こえてきた。

『——逃げろ！』

思わず耳から遠ざけたくなる大きな声。

加瀬風靡のそんな声を聞いたのは初めてに近かった。

「っ、風靡さん、一体なにが……？」

『あいつはもう、上まで登ってる！』

あいつ？　誰のことだ？

だがそれを訊《き》く前に雷鳴が轟《とどろ》いた。

「——ッ、夏凪！　伏せるぞ！」

違う、雷鳴ではない。その轟音《ごうおん》は天井が割れて目の前に崩落してきた音だ。

そして上の空洞からそいつは降ってきた。

「[redacted]!!!」

今度は俺にも分かる《白天狗》の明らかな悲鳴。

白い毛で覆われた巨躯《きょく》に、大太刀が突き刺さっている。その刃《やいば》は天井から降ってきた乱入者の武器だった。

血だらけの《白天狗》の上にいるその大男。鈍色《にびいろ》の身体《からだ》は生来のものか、鋼の鎧《よろい》か。またその男の広い背中や肩には、軍刀や片手剣をはじめとした多種多様な剣が突き刺さっている——いや、生えている？

やがて《白天狗《てんぐ》》の胴体から太刀が引き抜かれると、赤黒い血が飛び散った。白き狗《いぬ》はもう鳴かない。すでに絶命していた。

「夏凪《なつなぎ》、下がってろ」

格好をつけてそう言いながらも冷や汗は止まらない。

やがて敵は《白天狗》の上から退《ど》き、ゆっくりこちらを振り返る。

二メートルを優に超える大男。正面を向いたことでようやく見えた顔面は鉄のマスクのようなものに覆われている。ただ口元だけはあらわだった。

いつか子どもの頃に図鑑で見た肉食恐竜のように大きく飛び出た下顎は、鉄のマスクには収まらない。また顎の上に見えるのは普通の人間とは思えない大きく鋭い歯、いや——牙。そして長い舌をうねらせ、大きく開いた口がにやりと笑った気がした。

「……君塚《きみづか》。なに、あれ……」

俺の腕を掴《つか》んだ夏凪の手と声が震えている。

俺はこいつを知らない。こんな凶悪に出会ったことはない。

それでもなぜか直感していた、自分はあの男の名を知っていると。

違うはずだ、そうであってくれるなと願いながらも、俺はあいつの名を口にした。

「暴食の魔人だ」

◆復讐《ふくしゅう》の戦場

無人のオフィスビルの階段を、俺と夏凪は必死に駆け下りていた。

例によってエレベーターは停電で使えない。ここから脱出するためには二十七階分の階段を下りなければならなかった。

「アイツが食事をしてる今逃げるしかない」

俺が言うと、夏凪が「うっ」と口を覆った。俺は「悪い」と謝りつつ、それでも先を急ぐ。あれから暴食の魔人はすぐに、息絶えた《白天狗》の死肉を喰《く》らい始めた。その大きな口で齧《かじ》り付《つ》き、長い舌で血を啜《すす》るように。やはりそれがアイツの名前の由来なのか……正直考えたくもない。ただ今は出口を目指してひたすら階段を降りる。

「君塚は知ってるの？　あの男のこと」

「詳しいわけじゃないが……昔《世界の敵》だった男だ」

俺は暴食の魔人について知っていることを夏凪に説明した。《暴食》を含めて合計七つの罪の名を冠した魔人がいること。彼らはかつて《世界の敵》として認められていたが、今はどういうわけかその指定を解除されているということ。そしてあの暴食の魔人は、リローデッドの仇敵《きゅうてき》であるということだ。

「アイツは優秀な遺伝子を持つ生物を喰《く》らう習性があるらしい」

「……そんなヤバい相手から逃げないといけないんだ」

夏凪《なつなぎ》は顔を青くしながら階段を駆け下りる。

フロアの表示はまだ十九階。無限に続くかのような階段は、ふと去年のクリスマスに訪れた夜の病院を思い起こさせた。あの時も俺はエレベーターが使えなくなった病院で、ひたすら階段を下り……。

「っ、君塚《きみづか》！　上……！」

ふと夏凪が、足下ばかり見ていた俺の腕を引っ張った。促されるまま見上げると、数階分上の踊り場から《暴食》がこちらを覗《のぞ》いていた。マスクをしているため目線がこちらに向いているかどうかは分からない。だが確かに、前に飛び出た口元は笑っていた。

「夏凪、こっちだ！」

俺は夏凪の手を引き、階段途中の扉を開けて十八階のフロアに移動する。

このまま下まで行こうとしてもすぐに追いつかれるはず。俺たちは廊下を走りながら身を隠せる場所を探す。

そして悪い予感はすぐに的中する。さっきまでいた階段の方で、まるで鉄の塊が落下したかのような鈍い音がした。魔人が飛び降りすぐそこまで来ているのだ。俺と夏凪は、多くのデスクが並んだ部屋に身を移す。

「っ、ひとまずここに隠れるぞ」

俺は夏凪の手を引いて部屋の奥、上長席と思《おぼ》しきデスクに身を隠す。

夕方五時半、外は雷雨。明かりの消えた暗いオフィスで、俺たち二人は膝を抱えて息を殺す。間もなく廊下から、シャキン、シャキンと反響する金属音が近づいてくる。

「……あはは、さすがに結構、怖いかも」

夏凪は努めて明るい声を出そうとするも、膝に顔を沈めてしまう。

今、俺たちに残された選択肢はなにか。

エレベーターや階段を使った逃走は不可。また今いるフロアは地上十八階、窓から飛び降りて助かる高さではない。逃げることは、できない。

「俺が敵を引きつける」

だったら戦うしかない。

俺は風靡《ふうび》さんから預かった小銃を取り出す。

「アイツが来たら夏凪は反対のドアから逃げろ。立ち止まらず一階まで駆け下りるんだ」

「……ダメ。君塚、強くないもん。一瞬で殺されちゃう」

「安心しろ。アイツは死骸をその場で食べる習性があるらしい。だからその間に夏凪は逃げられるはずで……」

俺がそう説明していると、夏凪が顔を上げていることに気付いた。

「そういうこと、冗談でも言わないで」

夏凪《なつなぎ》は俺の顔を見つめながら「死ぬ時は一緒だから」と至極真面目に口にする。

「割と重いな」

「重い女は嫌い？」

拗《す》ねた表情の夏凪に俺は苦笑する。

「夏凪を嫌いになることは一生ない」

そう告げて俺は飛び出し、デスクの上に乗った。

魔人はもう、すぐ近くにまで迫っていた。

「悪いが俺を喰《く》う前に銃弾でも味わってくれ」

引き金を引いて一発、二発。それぞれ首と胸に撃ち込むが、鎧《よろい》のような装甲に弾《はじ》かれる。すると《暴食》は握っていた大太刀を捨て、だらりと前傾姿勢を取る。その獣のような姿はまるで、奴《やつ》が食い尽くした《白天狗《てんぐ》》のごとく。さらに大口を開き、やはり笑った。

長い舌と白い牙、俺はあれに飲み込まれるのか？　……絶対にお断りだ。間もなく四足で飛び掛かってきた《暴食》に対して、俺はデスクを飛び降りスライディングしながら相手の足下に潜り込む。そして敵の死角から一撃。銃弾は、唯一敵の無防備な顎を貫通した。

「――ッ、ア、■、ゥ、■■！」

それは初めて《暴食》が発した声だった。

正確に言えば、声ではなく音か。だが獣の唸《うな》りに近いそれは、少なくともダメージを与えられた証拠だろう。俺と同じくそれを好機と踏んだ夏凪はデスクを飛び出し、こちらへ駆け寄ろうとする。——しかし。

「夏凪、避《よ》けろ！」

「え？」

魔人はまだ倒れていなかった。そして俺たちには見えない奴の両眼《りょうめ》は、それでも確かに夏凪に向いていた。俺は銃を構え、夏凪に向かって伸びる魔人の右腕に狙いを定める。そうして迷いなく撃った銃弾は予想に反して空を切った。

だがそれは俺が狙いを逸《そ》らしたわけでも、敵が銃撃を躱《かわ》したわけでもなかった。暴食の魔人は、俺が発砲するその直前に他の何者かの攻撃によって吹き飛ばされていたのだ。

「探偵を守るのが助手の仕事だと聞いていたが、違ったか？」

肩に大きな鎌のような武器を担いだそいつは、気だるげに俺をそう煽《あお》る。鎌の刃先には赤い血痕。数メートル向こうで倒れ込んでいる《暴食》の脇腹が大きく損傷しているのが見えた。そんな状況を確認して、夏凪が俺のもとに駆け寄ってくる。

「あんたがいなけりゃ俺の銃弾だって敵に当たってたんだよ——大神《おおかみ》」

助手代行のその男は半身で振り返ると、俺を一瞥《いちべつ》してふっと笑う。一方、夏凪も大神の乱入に驚いたように目を見張っていた。

「今日は夏凪《なつなぎ》とは別行動じゃなかったのか？」

「名探偵の護衛が俺の務め。百メートル後ろからずっと後を追っていた」

ほとんどストーカーじゃねえか。仕事熱心なのは感心だが。

「にしても、あんたがそこまで武闘派だとはな」

表の顔は公安警察だと言っていたが、その大鎌は一体なんなのか。

「これを背負っている以上、俺の前で死人は出さない」

大神《おおかみ》はハスキーな声で呟《つぶや》くと、夏凪に横目で視線を向ける。

「いずれにせよ詳しいことはアレを倒してから。それで構いませんか、名探偵？」

「うん、思う存分やっちゃって！」

夏凪は拳を突き出し、信頼たるパートナーにすべてを託した。

「完全に盗《と》られてないか、これ……？」

俺のぼやきも虚《むな》しく、大神は夏凪に頷《うなず》き前を向く。対するは暴食の魔人、脇腹から血を流しながらも立ち上がる。戦いの合図は《暴食》の咆吼《ほうこう》だった。大口を開き、舌をうねらせ、さらに自身の背中から生えている太刀を二本抜いた。二刀流の魔人は、今度は二足で走り寄る。

「時間を掛けるつもりはない。仇《かたき》は俺が討つ」

──仇？　だが俺が疑問を挟む余地はない。大神は低い姿勢で構えを取ると、大鎌を横に薙《な》ぐようにして迎え撃つ。

激しい金属音を伴う鍔迫《つばぜ》り合《あ》い。得物の数で言えば《暴食》が圧倒的に優勢。刀が一本折られると、すぐに肩から背中から新たな刃《やいば》を繰り出していく。

それでも戦況が互角に動いているのは一体どういうわけか。正直、体格からしてそこまで大神に膂力《りょりょく》があるようには見えない。それでもさっきから《暴食》の攻撃はただの一度も大神の身体《からだ》を掠《かす》めていなかった。大神の圧倒的な戦闘センス、そう片付けるのは簡単だが……。

「ここじゃ狭いな。向こうでやろう」

すると大神は武器の鎌ごと《暴食》を押し切り、そのままオフィスの窓を突き破った。

俺と夏凪は顔を見合わせる間もなく、割れた窓辺へ駆け寄る。

そして目に映った光景は、十八階の高さから落下しながらも、組み合いながら互いの武器を激しくぶつけ合う一人と一体の姿だった。

「君塚《きみづか》、あたしたちも！」

「……ああ、下に急ごう」

とは言え、まさか俺たちもここから飛び降りるわけにはいかない。再び階段へ向かい、十八階下まで休むことなく駆け下りる。そうしてドアを開けてビルの外へ。

すでに陽《ひ》は落ちている。しかしさっきまでの豪雨はほぼ収まっていた。小雨の中を走りながら、俺たちは彼らの戦場を探す。

「君塚《きみづか》、あれ！」

元いたオフィスビルから少し離れた交差点に奴《やつ》らはいた。

戦闘が始まった直後よりも肉体の損傷が激しい暴食の魔人に対して、服の汚れやかすり傷は見られるもののしっかり二本足で立っている大神《おおかみ》。数メートルの距離を保って相対する二人。決着の時は、もうすぐそこに迫っていた。

「《暴食》よ、お前の罪は俺が引き受ける」

そして大神が鎌を握り直す。

武器を喪失した暴食の魔人が口を開け、力なく啼《な》いた。


「こいつは他の誰にも殺させない」


――銃声。俺と夏凪《なつなぎ》、大神の脇をすり抜けて、一発の銃弾が《暴食》を襲った。耳を塞ぎたくなる咆吼《ほうこう》、敵は片膝をつく。

誰がそれをやったのか、振り向かずとも分かる。

あの台詞《せりふ》を言うのは彼女だけ。リローデッドだけだった。

濡《ぬ》れた髪、私服姿の魔法少女がふらつきながらやってくる。魔法のステッキの代わりに銃を握って一歩一歩、仇敵《きゅうてき》に向かって歩み寄る。

「誰の邪魔もさせない。こいつは殺す。リルが殺す。それが、それだけがリルの――」

刹那、リルが姿を消した。

次に俺の視界に映ったのは、《暴食》に飛びかかったリルが、敵の口に銃を突っ込んだその光景。《暴食》がリルの右腕に噛《か》みつく。なお彼女は顔色一つ変えない。引き金を引く。銃声は鳴らない。銃は敵の牙に噛み砕《くだ》かれていた。

「リルを放しやがれ……！」

俺が撃った銃弾は《暴食》に躱《かわ》される。

だが一瞬の隙は生まれ、リルの腕が敵の強靱《きょうじん》な顎から解放された。それを見て、大神がリルを抱えるように救い出し《暴食》から距離を取る。

「蛮勇は罪だ」

「放、して！」

だがリルは身を振りほどき、腕から血を流しながら《暴食》に向かっていく。

「あいつだけは！　あいつだけはリルが殺すんだ！　じゃないと、いつまでもあの日が、フ、フレイヤ、と、との約束が……！」

そうしてリルが血だらけの手を遠くに伸ばした、その先で。

「少し、場が混沌《こんとん》とし過ぎているようだな」

何者かの声が聞こえた。

「多くの者の多くの意図が交錯し、物語の回収が難しくなっている」

さっきまでこの場にはいなかった第三者の声。

だが俺はこの声を知っていた。むしろ探していたと言ってもいい。

ただ、この場に現れてほしいと願ってはいなかった。

すでに陽《ひ》が落ちたこの街は暗闇。そいつはどこからともなく顕現する。

「しかし案ずるな、オレがまとめて引き受けよう。誰が誰を殺したい？　誰が誰を生かしたい？　そのすべてをオレなら叶《かな》えることができる。そう、吸血鬼のオレならばな」

白き鬼、スカーレット。俺たちの探していた吸血鬼はこのタイミングで自ら現れ、荒い息を吐く《暴食》のもとへ歩いて行く。

「っ、スカーレット。なぜお前が今、ここに？」

「はは、久しいな、人間。相変わらず貴様は頓狂な表情ばかり浮かべている」

少しはあの女の冷静さを見習え、と吸血鬼はあざ笑う。

奴《やつ》の言う「あの女」とは今この場にいない探偵のことだった。

「さあ、一旦幕引きだ。続きはすべての準備が整ってからにしよう」

すると次の瞬間、スカーレットの横で息絶え絶えになっていた《暴食》の姿が闇に紛れて消え始めた。

「っ、待て！」

俺は慌てて銃を構え、それを食い止めようとして――

「――君塚君彦《きみづかきみひこ》。今はお前の出る幕ではない」

吸血鬼の眼光が俺に向く。刹那、俺は気付けばアスファルトで膝を折っていた。

「待っ、て……！」

リルが叫ぶ。だがその声も伸ばした手も深い闇には届かない。

暴食の魔人と共にスカーレットは、影に溶けるように俺たちの前から姿を消した。

「リル……」

魔法少女の背中は暗闇の中で小さく震えていた。

◆約束された決別

スカーレットと暴食の魔人が立ち去ってから、残された俺たちは近場のホテルに身を移した。腕を負傷してもなお敵を追おうとしていたリルを一旦落ち着かせるためだ。

ただ本当であれば、リルは再びドラクマの医院へ戻るべきだった。少なくとも俺はそう思った。しかしリル本人がそれを頑《かたく》なに拒んだのだ。それに。

『その程度の怪我《けが》ならば、あの子に治療は必要ない』

ドラクマは、リルの怪我の具合を通話先で聞いてそう言い切った。

はたから見れば決して軽傷というわけではなかったが、リルの意思もあって無理に病院へ連れて行くことはできず、妥協案としてこのホテルの一室で休むことになったのだ。

そうして夏凪《なつなぎ》が止血などの応急処置を施し、どうにかリルを寝室のベッドで休ませることができた。

「助かった、夏凪」

俺は寝室から戻ってきた夏凪に、淹《い》れたてのコーヒーを差し出す。

「あたしも人生の大半は病院で過ごしてきたから、これぐらいの知識は」

苦笑いを浮かべる夏凪はカップを受け取って一口……余計に苦い顔になる。そういえばブラックはあまり得意じゃなかったかとシュガースティックを渡す。

「けど、むしろここに包帯とか鎮痛剤の準備があって助かったかな」

「ああ、見た目はただのシティホテルなんだけどな」

見た目、というか普段もここはあくまでも一般人が利用するためのホテル。だがここでは《調律者》やそれに準ずる者の資格を示しさえすれば、それを踏まえた対応を受けることができた。

もちろん世界中すべての施設がそうなっているわけではない。しかし夏凪が《調律者》になった後に貸与された特別な電子地図のデータには、たとえば《黒服》の力が借りられる施設が赤いピンで示されていた。

今振り返るとシエスタと旅をしていた三年間でも、こうして民間の施設を特別な利用目的で借りることはあった。あの頃は単に、シエスタの顔が異常なまでに広いのだとばかり思っていたが……。

というか、それこそ《調律者》の権限をフルで活用しておけばあんな貧乏旅もせずに済んだのでは、という疑問はいつか彼女が目を覚ましたら問い詰めたいところである。

「あたし、やっぱり寝室にいようかな」

すると夏凪はコーヒーのカップを持ったまま、リルが休んでいる部屋に行こうとする。

「眠ってるんじゃないのか？」

「あの子のことだから狸《たぬき》寝入りしてて窓から逃げ出すかも」

「性格の把握が的確だな」

俺が言うと夏凪はくすっと笑って隣の寝室へ向かった。

そうして部屋に残されたのは俺一人……ではない。あの戦いの現場にいたのは敵を除いて四人。俺、夏凪、リル、そして。

「そろそろあんたの正体を聞いていいか、大神《おおかみ》」

部屋の窓から外を眺めていた助手代行に俺は尋ねた。大神《おおかみ》の傍らには《暴食》に斬りかかったあの大鎌が立て掛けられている。さっきの戦闘を見る限り、ただの探偵の付き人には到底思えなかった。

「公安警察だと説明したはずだが?」

「そうか、エリート警察官は随分変わった武器を使うんだな」

俺が皮肉にもならない軽口を吐くと、大神は煙草《たばこ》に火をつけながら向き直った。

「表の顔が公安警察なのは事実だ。そして裏の仕事として、《連邦政府》直下から特殊な任務も引き受けている。が、もう一つ、俺には生き方がある」

大神は鋭い瞳をさらに細めて言った。

「復讐者《ふくしゅう》だ」

その瞬間、大神が《暴食》に向かって口にしていた「仇《かたき》」という単語が思い出された。

「《暴食》に、誰か身内が殺されたのか?」

「ああ、旧友……いや、昔の仕事仲間がな」

そいつは《調律者》だった、と大神は言う。

「《執行人》という役職に聞き覚えはあるか?」

「……確か、表では裁けない犯罪者を裏で狩ることが主な仕事だったとか」

昨年の初秋、《連邦会議》に参加する際にシエスタから説明されたことを思い出す。だが、あの会議の場に《執行人》はいなかった。殉職したからだ。

「アジアと南米にルーツを持ち、若くして日本の公安警察としても活躍していた《執行人》ダグラス・亜門——一年前、あいつは暴食の魔人に殺された。当時《七大罪の魔人》を殺すことが《執行人》の役目だったが、返り討ちに遭った」

大神の声が低く響く。

「幼い子供を守ろうとして殺されたのさ」

煙草の煙が、高く天井に昇った。

「当時の《暴食》たちへの対処は《魔法少女》の使命じゃなかったのか」

だからこそリローデッドは余計に焦っていたのだろうか。

自分ではない他者が先に《暴食》を殺してしまうのではないか、と。

「けど一年前にそんなことがあったとして、なぜ魔人たちは《世界の敵》の認定から外れたんだ？」

大神の旧友、つまり《執行人》を殺したというのは相当な大罪のはずだが。

「亜門の亡き後、別の《調律者》が七人の魔人のうち三人を瞬殺したのさ。それを目の当たりにして残る四人の魔人は身を潜め、《連邦政府》は奴《やっ》らに無害認定を下した」

「誰が魔人を殺した？」

「《怪盗》アルセーヌ」

　思わぬ名前が出て、一瞬寒気のようなものが走った。

「当時ある罪で獄中にいた《怪盗》アルセーヌは、地下深くの檻《おり》の中から《色欲》《怠惰》《憤怒》の名を冠する三人の魔人を一瞬で殺してみせた」

「……どんな手品を使ったんだ」

　だが事実、奴《やつ》にそういう芸当ができたとしてもそこまで不思議でない。

　かつて《聖典》を盗んだ罪で投獄されていた《怪盗》アルセーヌ。

　あいつは獄中にいながらも世界中の人間を意のままに操っていたという。俺自身、シエスタと共にあの男の能力の片鱗《へんりん》を見たこともあった。

「加えて言うとその功績が認められて、《怪盗》は死罪を免れたらしい」

「政府による恩赦ってわけか」

　なぜ奴が《聖典》を盗むという大罪を犯しておきながら厳しい刑を受けなかったのか、ずっと疑問には思っていたがまさかここで繋《つな》がるとは。

「そうして表面的には問題は解決した。だが俺は到底、納得できなかった。仲間を殺した《暴食》はまだ世界のどこかで息を潜めて生き延びている。そんな怪物をいつかこの手で殺すために、俺はじっと牙を研いでいた」

　……そうか、大神《おおかみ》もまた動機はリルと同じ。仇敵《きゅうてき》を殺すために復讐《ふくしゅう》者となったのだ。

「でもあんたは今《調律者》ってわけではないんだろ？」

「ああ、残念ながら《執行人》という仕事は、役割の似ている《暗殺者》に統合された。だから俺は執行人の大鎌だけを受け継いで、ただの復讐者となった。暴食の魔人を殺すためにな」

大神はそう言って部屋に置かれた鎌を見つめた。《連邦政府》の命を受けて働いているのも、暴食の魔人に近づく機会を窺《うかが》っていたからか。その一環で夏凪《なつなぎ》の付き人になり、偶然にも今日、仇敵《あいつ》に出会ったと。

「結局《七大罪の魔人》とは何者なんだ？」

「いまだに詳しくは分かっていない。七つの罪の名の通り、欲望のまま暴れ回る魔人——出自は不明で、全身に武器を移植した人間とも、ヒトと悪魔の合成獣とも言われている」

……正体が分からない敵ほど不気味なものもないな。

「確かなのは、奴ら魔人とはヒトの悪意を象徴した怪物ということだけだ。その中でも暴食の魔人の凶暴さは、他の魔人らに比べて群を抜いている。別名は悪魔のベルゼブブ」

「蝿《はえ》の王とも言われるアレか」

どこかで聞いたことのある伝承だ。その俗称に似合わず、力に飢えてすべてを喰《く》らい尽くす蝿の王は、名だたる悪魔の中でも最も手が付けられない存在だという。

「さっきスカーレットが《暴食》のもとに現れたが、理由に心当たりはあるか？　《暴食》を助けたようにも見えたが、吸血鬼とあいつにはなにか関係があるのか？」

「少なくとも俺はそういう話を聞いたことはない。《七大罪の魔人》に協力者がいるとは考えたくもないが」

大神《おおかみ》はそう言って、大きく煙草《たばこ》の煙を吐き出す。

「いずれにせよ、やるべきことはシンプルだ。万が一、敵に協力者がいようと関係ない。《暴食》を含めて残る魔人はあと四人、必ず俺がこの手で討とう」

「《執行人》の遺志を継いで、か？」

かつて罪なき子供を守って命を落としたというその生き方を。

「言葉にする意味はない。が、あいつの生き方を十分知った上で俺は戦場に立つ」

大神はそう言って煙草の火を手持ちの灰皿で消した。

今になってようやく知れた大神のパーソナリティの一端。無論、それはまだほんの一欠片《ひとかけら》に過ぎないはず。……だが、なぜだろうか。俺はたった今、この大神という男にある人物の影を一瞬だけ見た。

同じ銘柄の煙草を昔よく吸っていた、ダニー・ブライアントの影を。

「──勝手に話を進めないで」

ふいに声が割って入った。

振り向くとそこにいたのは、右腕に包帯を巻いたリローデッドだった。

背後には心配するような、あるいは諦念したような表情の夏凪《なつなぎ》が立っている。

「他の三人の魔人は譲ってあげる。でもその代わりに《暴食》だけはリルの獲物。元《執行人》の身内だろうが、他の誰にも邪魔はさせない」

俺たちの会話を隣の部屋で聞いていたのだろう。やはりベッドで大人しく寝ているだけの彼女ではなかった。

「今の怪我《けが》の状態で戦うのか?」

俺がそう訊《き》くとリルは顔を背けた。

「それに、なにか隠してることもあるんだろ?」

今日リルは急に体調を崩して競技場で倒れた。その症状についてドラクマはリル本人に訊けと言っていたが、それはすなわち彼女がどうしても隠したいほどの事情があるということに違いない。

「俺たちはパートナーだ。なにかあるなら話してほしい」

たとえ使い魔と主人という関係性なのだとしても。ペットが飼い主の心配をしてはいけないという決まりはないはずだった。

「ええ、そうね。パートナーのつもりだった」

リルはわずかに口角を上げる。けれどそれは淋《さび》しげな微笑だった。

「でもあなたはリルの手を取らなかった」

「それは……」

昼間の競技場。リルの差し出した手を前に躊躇《ためら》ってしまったことを思い出す。

すでに俺の両手はシエスタと夏凪《なつなぎ》の手を握るのに埋まってしまっているからと。ここでリルの手を取ると、かえって彼女に迷惑を掛ける結果になるかもしれないと。リルはその一瞬の迷いを見逃していなかった。

「それにリルとあなたが結んだパートナーとしての契約は元々《百鬼夜行》を倒すためのもの。《白天狗《てんぐ》》は、死んだんでしょ？　想定していた計画とは違ったけれど、主を失った以上《百鬼夜行》はじきに静まる」

そうなればリルたちの契約も終わり、と。彼女は俺へ解雇通知を言い渡す。

「待ってくれ、リル。俺は……」

「中途半端な同情で関わろうとしないで」

──中途半端。そう言われてノーチェスの言葉を思い出す。

いつか目の前の問題を両手だけでは抱えきれなくなる日がくると。

「あたしは、あなたの過去をすべて知ってるわけじゃない」

なにも言えなくなった俺の代わりに一人の少女がリルに語りかける。

「だから訳知り顔で説教する気もないし、あなたの行動を止める権利もない。でも」

夏凪だった。赤い瞳に焔《ほのお》を灯《とも》して、激情を言葉に乗せる。

「あなたが一番成し遂げたいことはなに？　あなたは今までなんのために生きてきて、これからなにを願って生きていくの？」

夏凪渚《なぎさ》はこれと似た自問自答を、ドラクマを相手に語っていた。

時を奪い、友を奪い、半身を奪った仇敵《きゅうてき》を目の前にして、夏凪は一つの答えを出した。

ゆえに今、夏凪は似た立場に佇《たたず》むリローデッドに問いかける。

あなたは一体どう生きるのか、と。

「リルは」

そして少女は答えを出す。

「私の願いは一つだけ。この手で暴食の魔人の息の根を止める」

悲しい顔で見つめる夏凪の脇をリルは素通りしていく。

彼女を止める言葉は俺にも、もう見つからなかった。

【Side Reloaded】

暴食の魔人と邂逅《かいこう》し、ホテルで君彦《きみひこ》らと別れたその日の深夜。私は日本の首都圏にあるミゾエフ連邦大使館にいた。

『夜遅くにご苦労』

大きな広間の壁にあるスクリーン。そこには仮面を被《かぶ》った壮年の男が映っていた。《連邦政府》高官──ドーベルマン。私をここへ招集した張本人だ。

素顔も知らなければ一度も直接会ったことはないけれど、この仕事をする上で何度かこうしたコンタクトを取ったことはある、そういうビジネス上の関係だ。

ゆえに今日呼び出された理由もある程度は察せられる。用件を切り出されるのを待っていると、ドーベルマンはなぜか小さく拍手をし始めた。

『さすがは《魔法少女》だったな。こんなにも早く《百鬼夜行》を解決するとは』

……嘘《うそ》くさい言葉だ。感情が籠もっていないのに態度だけは仰々しいのはいつものことだった。

「所詮《百鬼夜行》は脅威レベルの低い危機、賞賛されるほどじゃない」

それに、私が一人でその仕事を終えたわけではなかった。最後の《白天狗《てんぐ》》だってそうだ。だからそんな風に労《ねぎら》われると、かえって寝覚めが悪くなる。

『ストイックな性格も変わらないな。どんな使命も引き受け、常に最小の犠牲によって最大の成果を生み出している。我々もその仕事ぶりには驚嘆するばかりだ』

ああ、うっとうしい。

適当に褒めておけば厄介な汚れ仕事も引き受けてくれる便利屋だとでも思っているのだろうか？　――まあ、構わない。こっちも適当に愚痴を吐きながら、それでも一番の望みを果たすつもりだから。

『さあ、それでは早速だが、君にはまた次の使命を引き受けてもらわねばな』

ドーベルマンが切り出した。

言われずとも分かっている、それが今回の本題だった。

『巫女《みこ》の《聖典》はまた幾つもの危機を予言している。が、《魔法少女》に適任の仕事は一体どれだろうな』

「次に解決すべき危機なら決まってるでしょ」

わざと惚《とぼ》けているというのなら、こっちから言ってやる。

「《七大罪の魔人》の生き残りが姿を現した。あなたたちが一度は《世界の敵》の認定から外した怪物が」

仮面の向こうでドーベルマンが表情を変えた気がした。

「《魔法少女》を任命して。私が魔人を殺してみせる」

一瞬の沈黙があり、ドーベルマンが口を開く。

「つい先日、君は倒れたばかりだと聞いたが」

「だから？　今さらあなたたちが《調律者》の体調を気遣う道理はないでしょ」

それとも、なに？

「魔法少女にとって、魔人の危機は荷が重いとでも言いたいわけ？」

ふざけるな。私が全部やる。《執行人》の身内だとか他の人間には邪魔させない。誰に手伝ってもらう必要もない。君彦《きみひこ》にだって……もう頼らない。私だけでやってみせる。

そうして二度目の沈黙を経て、ドーベルマンは言った。

『追って指令を出そう』

今はそれが妥協点か。

これ以上の話し合いは無意味だと判断し、私は大使館を去った。


それから一時間ほどバイクに跨《また》がって家路につく。《調律者》の資格を使って借りているマンションは、高級住宅街と呼ばれる場所に立っていた。

けれどいくら家賃の高い場所に住んでいたからといって、私を待っている人間は家にはいない。「おかえり」なんて言葉はもう十年以上聞いていない。誰も私を見ていない。だけど私はそれでいい。それでよかった。

所定の場所にバイクを止め、メットを外し……その時ふと気配を感じて、背中に挿していたステッキを構えた。

「誰？」

暗闇の中、そいつは駐輪場の屋根に片膝を立てて座っていた。

「――スカーレット」

白い鬼は私を見下ろしてわずかに口角を上げる。

「そう身構えるな。同じ《調律者》の仲間だろう？」

「どの口が。お前が現れなければあの時《暴食》は……！」

あと少し、あと少しで殺《や》れたのに。

唇を噛《か》み、思わずステッキを握る手に力を込める。

「オレにも事情があってな。一度逃がすしかなかったのだ」

「っ、どんな事情よ。なぜ《吸血鬼》が魔人に手を貸すの」

世界を守る側のスカーレットが、なぜ。

「一つ言っておくと、なにもオレはあの魔人と手を組んでいるわけではない」

「……仲間ではないと？　じゃあ一体なんで」

「むしろ《暴食》が生き延びることによって、お前にとってもメリットが生じたと思うのだがな」

なにを言っている？　私の望みは暴食の魔人を殺すこと。あいつを生かすことで生まれる利益なんてあるはずがない。

「オレはそれを説明するためにここへ来たのだ」

するとスカーレットはそう言って屋根から飛び降りた。

一瞬、近くに《暴食》の影も潜んでいるのではないかと思ったけれど、どうやらここにはいないらしい。スカーレットはあいつをどこかに匿《かくま》っているのか。

「《暴食》を生かした理由はなに？　あなたの言う私にとっての利益って？」

「これを実現するには少し準備に日数は掛かるが、とあるいい提案をしたくてな」

そして吸血鬼は「まず一つ質問だ」と言って微笑《ほほえ》んだ。

「魔法少女、お前には生き返らせたい人間はいないか？」

【第三章】

◆選択なき人形

あれから七日が経《た》った。

すなわちスカーレットと暴食の魔人が姿を消し、リローデッドや大神《おおかみ》までもが敵を追って俺たちの前から去ってから、一週間。俺は図らずも代わり映えのしない日常を過ごしていた。

少し前のようにリルと《百鬼夜行》のパトロールをすることもない。一応進路のことを考えて朝から学校へ行き、受験対策用の講義を受ける。そして放課後は例によってシエスタが眠る病院を訪れ、軽い愚痴を聞いてもらうのだ。

相変わらずスカーレットたちの居場所が分からないんだ、と。リルも俺からの連絡をすべて無視しているんだ、と。二人の関係者であるスティーブンに会えてないこともつい愚痴ってしまう。返事はないと分かっていてシエスタに相談をする。お前が探偵だったらどうしていた、なんて質問をしながら。

もちろんその間、夏凪《なつなぎ》とも様々な話し合いはしていたし、ミアと連絡も取っていた。たとえば《巫女《みこ》》であるミアには、《七大罪の魔人》にまつわる詳細が《聖典》に残っていないかを密《ひそ》かに尋ねたものの、大神が語っていた以上の情報は得られなかった。

曰《いわ》く、今から何年も前にいつの間にか出現していたその七人の魔人は世界中で暴虐の限りを尽くし、だがそのうち三人が《怪盗》アルセーヌによって殺され、他の魔人も姿を消したのだと。

『今回の《暴食》の再出現は、なぜか私にも予言できなかった』

テレビ電話の向こう側で唇を噛《か》んでいたミアの顔が思い出される。なぜあの魔人に対して《巫女》の能力が発揮されなかったのか、ミア自身も分かっていないようだった。結果として今、敵である魔人やスカーレットへのアプローチは乏しく、味方であるリルやスティーブンと接触する手段もない……そんな停滞の日々を過ごしていた。

だが今日、俺はその変わらない日常の中でいつもと違う場所へ出向いていた。とある建物のレセプションルーム。他に人のいないその部屋で俺は、壁際のスクリーンに向かって話し掛ける。

「あんたはなにか進展を与えてくれるか——アイスドール」

画面には白い仮面を被《かぶ》った老齢の女が映っていた。

首都圏にあるミゾエフ連邦大使館。夜、アパートを訪ねてきた《黒服》の車に乗せられ、俺は一人ここへやって来た。政府のお偉方が、夏凪ではなく俺に一体なんの用なのか。

『あなたの身辺は今、色々と忙しいようですね』

政府高官アイスドールが口を開く。ああ確かに受験勉強で忙しいんだ、と軽口を飛ばせるような関係性は築いていない。

「夏凪《なつなぎ》は一緒じゃないが、良かったのか？」

『ええ、今日はあなたに伝えておきたいことがありましたので』

なるほどそれは光栄なようで、もう俺自身引き返すことができない世界の深淵《しんえん》にまで足を浸している証拠にも思え、妙に胸がざわついた。

『できればあなたには無知のままでいてもらいたかった』

アイスドールの表情が、仮面の下で歪《ゆが》んでいるような気がした。

一体なんの話をするつもりなのか、俺は身構えながら様子を窺《うかが》う。

『ですがもう、なにもかもを隠すわけにもいきません。世界はすでにあなたを中心に少しずつ動き始めています。《名探偵》に《暗殺者》に《魔法少女》、すでに《吸血鬼》にも接触しましたか？』

「言われてみれば《調律者》が続々と日本に集まってるな」

あとは《巫女《ミア》》ともそれなりに頻繁に連絡は取っているか。

『それもすべて、あなたが《特異点》であるがゆえです』

……ああ、そのことか。だが《連邦政府》の人間の口から《特異点》という言葉を聞くのは初めてだった。

『これから先もあなたを中心に数々の《世界の危機》は起きる。それに伴って今以上に多くの《調律者》と関わっていくことになるでしょう』

「それが事実なら俺モテすぎだろ」

スカーレットからの好意だけは受け取り兼ねるが。

『あなたが《特異点》として生きる以上、世界の混乱は一極に集中する』

「俺がそう望んだことはないけどな」

『重要なのはいつも結果だけです』

アイスドールは氷のように冷たい声で言い切る。

『実はそれを踏まえ、我々の中では、あなたを処分した方がよいという意見もありました』

現実離れしたその発言内容に、一瞬誰のことを言っているのかが分からなかった。遅れてそれが俺に対して向けられた言葉で、「処分」というのがなにを意味しているかをようやく理解した。

「……さすがに穏やかじゃないな。ちなみにあんたはどっち側だ？」

俺は努めて冷静にアイスドールに尋ねる。

『無論、私は反対の立場です。一人ひとりの命の安全と平和が世界の安定に繋《つな》がると、そう信じていますので』

「あんたら《連邦政府》も完全な一枚岩じゃないのか」

彼女らが本当のところ、どういう組織でどれぐらいの人数がいるのかは知らないが。

『対立意見が一切ない組織というのも健全ではないでしょう？』

「……それで、本題は一体なんだ。具体的になにを俺に言いたい？」

『ええ、先ほど申した通り《連邦政府》にはあなたを処分しようという動きもある。そこで一つ助言がしたいのです』

スクリーンの向こう、アイスドールが仮面の下で俺を見つめる。

『昔のように戻っても構わないのですよ』

それは俺にとって予想外の提案だった。

『あなたが《調律者》や《特異点》という言葉を知らなかった頃に。ただの探偵だと思っていた白髪の少女と旅をしていた頃に。あるいはその前でも、なにも重荷を抱えていなかった――その両手が埋まる前の、自由だった頃に。あなたは戻る権利がある』

彼女の発言はまるで、俺を重い呪縛から解き放ってくれるようだった。強制的に世界に関わらされる《特異点》なるしがらみから俺を解放しようと、そういう提案だ。

『あなたとて《虚空歴録》《アカシックレコード》の争奪戦なんてものに巻き込まれたくはないでしょう？』

「……ああ、興味はないな。自分の周りの平和の方が大事だ」

昔、それを巡って大陸間で大きな争いが起きたことは有名な話だ。肝心の《虚空歴録》の正体については、各国のほんの一部の要人しか知らないと言われているが。

『であれば、やはりあなたはこの世界のシンギュラリティとして生きるべきではない』

アイスドールは諭すように俺に言う。

予期せぬ形で背負わされた《特異点》という十字架。

すべてを忘れ、なにも知らなかった頃に戻れたら気楽だろうとも思う。

――しかし。

「つまりそれは、これ以上世界に関わるなという脅しか？」

俺はアイスドールの真意を読み解き、そう尋ね返す。《連邦政府》が純粋な親切心によって市民を助けてくれる組織でないことは分かっていた。

アイスドールは一拍の間を置いて語り出す。

『時には《特異点》が上手《うま》く作用することもあるでしょう。たとえばあなたにとって白昼夢が生き返ることは最大の望みであり、その願いは一部叶《かな》った。けれど、そういった世界の理に反した願いは必ずひずみを発生させる』

やはりと言うべきか、アイスドールは《特異点》の功罪を……その危険性を語る。

「願いの代償を引き受ける覚悟はしているつもりだ」

『それは真に責任を取れる者だけが言える台詞《せりふ》です』

覚悟だけでは足りません、と。アイスドールは言い放つ。

『あなたは本当に代償を払っていると言えるのですか？』

「……俺は」

続く言葉は出なかった。死者を生き返らせることによって生じるというひずみ。俺はそれが具体的になんなのか、答えることができない。

昨年の初秋、シエスタが一度目覚めるきっかけになったのは、夏凪《なつなぎ》が自身の心臓を捧《ささ》げたからだった。つまりシエスタが一度目覚めるきっかけになったのは、同じ名探偵であった夏凪の命。

けれどその夏凪も奇跡的に再び目覚め、今俺の相棒として生きている。

であれば俺の願いによって世界にひずみが生じるとして、本当の意味でその代償はまだ支払われていないのか？　少なくとも、俺自身はまだなにも犠牲にしていない。願った側の俺が、まだ。

『これから先、あなたの身の回りではそういう事態が起き続ける。あなたが名探偵や魔法少女や巫女《みこ》や数多くの《調律者》に関わり、世界を変え続ける度にひずみは生まれる。その矛盾はあなたが責任を取れない形で現れることもあるかもしれない』

「……そうなる前に《連邦政府》は俺を処分すると？」

『ですからそうなる前に、あなたが身の振り方を考えてもいいのではという提案です』

そうして先のアイスドールの提案へと話は戻ってくる。

特異点なる設定を綺麗さっぱり忘れ去り、《調律者》や《世界の危機》や《虚空歴録《アカシックレコード》》に関わらない選択肢を取ってもよいのではないか、と。

「俺に探偵の助手をやめさせたいのか」

『いつかその日が来てもいいように、代わりの人材も用意されているはずです』

……大神《おおかみ》のことか。助手代行という名のバックアップ。俺の代わりだというなら、まさに上位互換だな。まあ、結局あいつも個人的な私怨を優先して今も独断行動を取っているようだが。

『選択は自由です。《特異点《あなた》》に命令を下せる者など我々の中にはいません』

アイスドールが俺に与えた選択肢。

それは選択をしなくてもいいという新たな道だった。

名探偵を助けるのか、魔法少女を助けるのか。吸血鬼を倒すのか、七大罪の魔人を倒すのか。誰の手を取って、誰の願いを叶《かな》えるのか。そんな選択の物語の輪から抜け出す選択肢を《連邦政府》は俺に与えたのだ。すでに両手の埋まった、自分で責任を取ることもできなくなった《特異点》の成れの果てを見かねて。

『どのような選択をしようと、我々はいつもあなたを見ていますよ』

今はまだ答えの出せない俺にアイスドールはそう忠告をする。

「《黒服》にでも監視させていると？」

『いえ、それよりもっと近い存在がいるでしょう』

俺にとって《黒服》よりも身近な《調律者》、そんなのは一人しかいない。夏凪《なつなぎ》だ。

『本来、彼女は《調律者》としては力不足です。しかし《特異点》であるあなたの手綱を唯一引ける存在であることには違いありません』

「……だから夏凪を《名探偵》に指名したのか」

すべてはこいつらの打算の上。去年、夏凪が口にしていた不審は、奇《く》しくも的を射ていたことになる。きっと《連邦政府》はなにか意図をもって自分を《名探偵》の座に置いているに違いないと。——でも、だったら。

「あんたらの目論見《もくろみ》通りに事が運ぶことはないぞ」

夏凪はそんな《連邦政府》の企《たくら》みに気付いた上で、それでも誇りを持ち、願いを抱え、意思を継いで探偵として生きている。だから。

「夏凪渚《なぎさ》をあまり舐《な》めるな」

俺は答えを待たずに踵《きびす》を返した。

◆君のためにある物語

翌日、俺はいつものように朝から学校に来ていた。自由登校のため教室には人はまばらで、別クラスの夏凪も恐らく来てはいないだろう。いまだ進路の決まっていない俺は、受験予定の大学の過去問に机の上でひたすら向き合う。

私立文系に絞ったことで、必要なのは三科目のみ。元より英語は問題なく、社会科目も短期記憶の暗記でいける。一番厄介なのは国語だった。

「小説問題って暗記じゃないよな？」

夏凪に会って教えを請いたい気分だった。

昼休みを告げる鐘がなり、俺は菓子パンとコーヒーを持って屋上へと向かう。ここ最近はほぼこの日常の繰り返し。ただ、昨晩のアイスドールの言葉がふと頭をよぎった。こうして代わり映えのしない日々を送っているのも、選択をしないという選択を無意識に選び取った結果なのかもしれない。

「……寒いな」

屋上には誰もいなかった。一月の風は冷たく、一瞬校内に戻ろうかとも思ったが、抜けるように青い空が広がっているのを見て、適当な場所に腰を下ろした。リローデッドも好きだと言っていた青空だった。

コンビニで買ったパンを齧《かじ》りながらスマートフォンを取り出す。何度もリルに送った、無事を尋ねるメッセージ。アプリには俺が送った文面だけがずらっと並んでいる。ただの一度も返事はなかった。

それでも俺は今日も新しいメッセージをリルに送る。返事がないのと、見ていないのとでは違うと信じて。——と、その時、スマートフォンが着信を知らせる。表示されていた名前は予想外の人物だった。

「シャルか。珍しいな、どうした？」

缶コーヒーで口を湿らせ、喉の調子を整える。

『……どうしたって、この前アナタが長文メールをワタシに送ってきてたんでしょうが』

そういえばリルから返事がないあまり、代わりにというべきかシャルにここ最近の出来事について相談していたのだった。どうやらこれはその折り返し電話ということらしい。

『でも、なんでワタシなわけ？　相談事をする間柄じゃなくない、ワタシたち』

「だからこそ斬新なアイデアを貰《もら》えることもあるかと思ってな」

『ユイはどうしたのよ、ユイは』

「雑談話ぐらいはたまにするが、斎川《さいかわ》はアイドル業で忙しいからな。あんまり深刻な話で負担を掛けるわけにもいかないだろ」

『なんでワタシには負担を掛けていいのよ』

シャルは電話の向こうで分かりやすくため息をつく。

『それで？　アナタは一体なにに悩んでるわけ？』

「なんだかんだ話に付き合ってくれるところ、いいな。伸ばしていこう」

『切るわよ』

こんな会話ができるようになったのも、犬猿の仲だった俺とシャルにとっては進歩である。と、思いたい。

「悩みなら、メールに書いた通りいくつもあるんだけどな」

『じゃあ、どれが一番アナタの頭を悩ませてるわけ？　《名探偵》の敵でもあるスカーレットの所在が掴《つか》めないこと？　それとも暴食の魔人を追って連絡が取れなくなった《魔法少女》のことが心配？』

どれが一番の悩みか、そう問われて答えに窮した。

だが結局はその半端加減こそが、俺が直すべき悪癖なのだろう。ノーチェスにもハッキリと指摘されたことだった。

『ワタシはあなたと仲がよくないからこそ言うんだけど』

「最近みんなそれを言うんだが」

もしかすると逆に仲のいい人間がいないのかもしれない。

『どっちも悩んでどっちも大事、それで別にいいんじゃない？』

しかしシャルが口にしたのは思いがけない言葉だった。

『悩み事は一人一つしか抱えちゃいけない、なんて決まりはないし。大切なものは一つしか持っちゃいけないってルールもない。人間なにを一番優先して考えて一番大事に思うかなんて、その時々によってグラデーションみたいに変わるものでしょ』

シャルの考え方はまさに俺の現状を肯定してくれるようだった。

『たとえばある母親に二人の子どもがいて、その子たちのどっちがより大切か……なんて愚問だと思わない？』

「……ああ。けど、そういう場合でもお前の言うグラデーションはあるのか？」

お腹《なか》を痛めて産んだ子が二人いるとして。そのどちらかにより強い思いを巡らせてしまう、そんな瞬間はあるのか。

『ええ。そういう時は、より遠くに離れている子が心配になるものよ』

シャルはまるでそういう経験がある母親のように語る。もちろん彼女にそんな過去があるはずはないのだが。

『キミヅカだってそうでしょ？　マームのことが一番愛《いと》しい瞬間もあれば、ナギサのことを一番恋しく思う時もある』

「おっと急に電波が悪くなったな」

思わずスマホを地面に叩《たた》きつけようとしたが、寸前のところで思いとどまった。

『ワタシなにか変なこと言ったかしら？』

「……二度と禁止な」

俺がギリギリそう声を絞り出すとシャルはさもおかしそうに『はいはい』と笑った。

『でも、そういう風に迷うこと、いくつかのものを大切に思うことが悪いはずはない』

そしてシャルは改めてこう結論づける。

『ただ、大切なものが多ければ多いほど重要な決断に迫られる機会も増えていくし、その全部を守ろうと思ったらそれに見合うだけの力も必要。だから結局、自分の器を広げることに限界を感じた時ワタシたちはどうするべきなのか、そういう話なんだと思う』

きっとそれはエージェントとして世界中を渡り歩いてきたシャーロットだからこそ身についた考え方なのだろう。銃弾の雨に遭うことも戦火の中を潜《くぐ》り抜《ぬ》けることもある日常で、彼女は数々の選択をしてきたはずだ。なにを守ってなにを捨てるのか。すべてを守るためにはどうしたらいいのか。

二つの選択肢で迷うこと、大切なものを増やすこと、それら自体が悪いわけではない。ただ、すべてを叶《かな》えるためには現状維持は許されない。俺はこれからその解決策を探さなければいけないのだろう。

『悪いわね、そっちを手伝えなくて』

「いや、十分ヒントは貰《もら》った」

するとその時、電話口から航空機の音が遠く聞こえた。空港にいるのか。

「また別の国に行くのか？」

『ええ、それがワタシの生き方だから』

それは斎川《さいかわ》の誕生日パーティーの時にも話したことだ。もちろんシエスタの目を覚まさせるという共通の願いがある以上、俺たちがバラバラになることはない。だがシャルはあくまでも本分の……世界を股にかけるエージェントとして戦いの旅に出る。きっとそこにいるはずの誰かを守るために。

「帰ってこいよ」

息を吞《の》む間があった。

『当然よ、マームが待ってくれてるはずだもの』

他のみんなも、と言い添える。

『あ、もしかしてアナタ。実はワタシのことが心配でメールしてきたんじゃない？　相談したいことがある、だなんてそれらしい理由をつけて』

まさか、そんなこと。

「シエスタに仲良くしろって言われたからな」

『そうだった。仲良しになったって設定だったわね』

俺たちは軽く笑い合い「また」と言って電話を切った。

と、同時にスマートフォンにSNSの通知が来ていることに気付いた。それは斎川唯《ゆい》が簡易動画投稿サイトで生放送を始めていることを知らせる通知だった。

「……しまった、もう十五分も過ぎてる」

自分がしでかした失敗に震えながら、俺は慌ててそのURLを開く。

すると画面には私服姿の斎川唯が現れる。ファンからリアルタイムで寄せられたコメントを読み上げながらトークをしているようだった。俺もなにかコメントを打とうとして、ふと斎川が真面目な顔でこちらを見ていることに気付いた。

『今この放送を見ている人の中には、色んなことで悩んでいる人もいると思います』

どうやらなにか真剣な相談事についてのトークをしている最中だったようだ。

『でもそれはあなたが、その悩みの種になっているものを心から大切に思っている証拠なのかなって』

当たり前だが斎川は俺を見ているわけではない。彼女が見つめる先にあるのはカメラ。だけどその向こうにいる大勢のファンに向かって語りかける。

『本当に大切にしていることだから真剣に悩んで、たくさん迷っている。きっとそれは誇っていいことなんだと思います。……実はわたしもそういう時期があったんですけど』

斎川はそう口にしてはにかむ。

おそらく彼女の言う悩みや迷いとは去年、俺や夏凪《なつなぎ》も一緒に見守ってきたものだった。

そして今、斎川は同じような葛藤を抱いているファンに対して、今度は自分が導く立場となってマイクの前に立っていた。

「そういえば、俺にも言ってくれたな」

いつか自分が助けになると。

右腕になれるかどうかは分からないけれど、左眼《ひだりめ》ぐらいにはなってみせると。

やはりサファイアの瞳はすべてを見通していたのだろうか。ちょうど俺の右手は埋まったばかりのところだった。

「…………」

ふと、ある考えが頭をよぎる。

それはたった一つの思考実験。実体はなく、具体的な行動指針でさえない。今、俺の頭を悩ませている幾つかの問題を直接解決する類いのものではない。

ただそれでも、スタートはいつだって一つの気づきからだ。

そこから仮説を立て、証拠を集め、推論を補強し結論に至る。いつだって俺たちはそれをやってきた。探偵と助手はそうやって昔も今も。

『どうですか？　ほんの少しぐらい肩の荷は下りましたか？　でも、そんな風にたくさん大切なものを背負っている皆さんはとっても偉いです！　――だから』

斎川《さいかわ》は花の咲くような笑顔でカメラを、俺たちを見つめている。

『わたしはそんな君のためにこれからも歌を歌います！』

それを俺個人へ向けたメッセージと捉えるのは、さすがに自意識過剰だろうか。

「いや、それでいいんだよな」

今、間違いなく彼女は俺を見た。俺だけを見てくれた。

そう思わせてくれた時点で、間違いなく斎川唯《ゆい》は真の意味でのアイドルだった。

「君塚《きみづか》！」

と、その時。今度こそ疑う余地もなく俺の名を呼ぶ声が響いた。

屋上へ繋《つな》がる扉から入ってきたのは冬用のセーラー服を着た夏凪渚《なつなぎなぎさ》。

そんな彼女は俺を見つけると、息を切らせながら喋《しゃべ》り出す。

「今さっき病院から連絡があって、シエスタが……！」

◆依頼なき事件の顛末《てんまつ》

それから俺たちは校庭に迎えに来ていた黒塗りの車に乗り込んだ。

ハンドルを握るのは《黒服》、行く先は言うまでもなくシエスタのいる病院だ。

しばらく後部座席で揺られるままだった俺は、同じく隣に座る夏凪に話しかけた。

「まさか来てるとは思わなかった。自由登校のはずだろ？」

「うん、やっぱり少しでも学校に通いたかったから」

夏凪《なつなぎ》が学校に対してどういう思いを抱いているのか、またその経緯を知っている身としてはその気持ちはよく分かった。

「そっちの制服もいいな」

夏凪が着ているのは冬仕立てのセーラー服。黒の生地をベースに青いリボンのデザインの制服は彼女によく似合っていた。

「どうしたの、今さら？」

「俺にとってはまだ割と新鮮なんだけどな」

「君塚《きみづか》があんまり学校に来ないからでしょ」

せっかくの学園青春ものやり逃したね、と夏凪は澄まし顔をする。

「ああ、最後まで制服デートなんてものとは縁のない人生だった」

「なんか君塚の口からデートって言葉が出ると背中ぞわっとするね」

理不尽だ。不満を込めた視線を夏凪に送ると。

「てか、このタイミングでそんな話する？」

夏凪は苦い笑みを浮かべる。

……悪いな。けど、今だからこそ。つい混乱してしまっている今だから、そんな雑談で心を落ち着けるしかなかった。

「シエスタの心電図にいつもと違う動きがあったのは本当なんだよな？」

それが、屋上にやってきた夏凪が俺に知らせたことだった。

「うん、病院にいるノーチェスから連絡があったから。ただ詳しいことはまだ……」

まさか心臓に巣喰《く》う《種》が芽吹いてしまったのか、あるいは逆に問題が解決してシエスタが安全に目を覚ますことができる予兆が現れたのか。心電図の変化というのが悪い意味なのか、いい意味なのかさえ分からない。

……それでも、この数ヶ月間なにも変化がなかったシエスタの身になにかが起きたことは事実だ。いつまでも現状維持は許されない。俺は段々と病院に近づいていく車窓の景色を眺めた。

「大丈夫だよ」

夏凪が囁《ささや》いた。

「大丈夫」

前を向いたまま二度そう呟《つぶや》く。俺の右手に温かな手が重ねられた。

そうして俺たちは病院に着くまでの短くも長い時間を車内で過ごした。

三十分後、目的地に辿《たど》り着く。

エレベーターで三階に上がり、一番奥のシエスタの病室へ。するとドアの前にはノーチェスが立っていた。彼女は俺たちの姿を見つけると、無言で頷《うなず》き病室へと促す。俺と夏凪は意を決して扉を開けた。そこに広がっていた光景は。

「……スティーブン」

タブレットを手にした白衣姿の《発明家》が、シエスタの眠るベッドのそばでなにか記録を取っている。この男の姿を見るのはおよそ四ヶ月ぶりのことだった。

俺と夏凪《なつなぎ》も視線を交わしベッドへ向かう。すやすやと寝息を立てているシエスタ。素人目には特別いつもと変わった様子はないように思える。だが夏凪はすぐさま「シエスタは？」と、専門家の診断を仰ぐ。

「問題ない。今や、昨日と同じ状況だ」

スティーブンはタブレットに目を落としたまま答えた。

それは恐らくつまり《種》が芽吹いたわけでもなければ、目覚めの予兆があるわけでもないということ。まずはホッと肩の力が抜け、その後少しだけ残念な感情が頭を出す。シエスタはまだ眠り続けるのか、と。

「でも、シエスタの身体《からだ》になにかが起きてたのは間違いないんだよな？」

「ああ。今日の午前中、一定の時間だけ心臓が通常ではない動きを見せた。そのことは確かだ」

スティーブンは眼鏡の奥の瞳をすっと細める。

「だが《種》が生長した様子は見られない。となると、彼女自身の意思によって心臓が不規則な鼓動を打った可能性はある」

「シエスタがわざと自分の心臓に異変を起こしたと？……どうして」

確かにシエスタは昔、自らの心臓を止めて仮死状態を装うことで敵の目を欺く真似《まね》をしていたこともある。彼女の心臓にはそういうことができる能力は備わっている。だが今なぜ彼女はそんなことを？

「それを考察することこそ、探偵と助手の仕事だと思うが」

……言ってくれるな。だが、やはり物事には原因があって結果がある。その因果関係を考えれば必ずなにかしらの仮説は立つ。

「どんな理由や原因があって、シエスタは自分の心臓にノイズを起こした？」

ずっと眠っていたはずのシエスタがなぜ。

「一旦、逆に考えてみたら」

すると夏凪が発想を変えるような提案をしてくる。

「シエスタの心臓に異変が起きたことを原因と捉えると、その結果今なにが起きてる？」

「……？　一瞬心臓の鼓動に変化が見られただけで、それ以上のことはないって今スティーブンも……」

そう自分で言いながら違和感に気付いた。思えばシエスタはいつだって行動に意図を持たせていた。ただの一度も無駄なことなんてしなかった。

……であれば。シエスタがなにか明確な意思によって自分の心臓に異常をもたらしたとして、それによって生じた大局的な視点における結果とは。

「──スティーブン・ブルーフィールドがここに来た」

俺が言うと、夏凪《なつなぎ》も同じ仮説に行き着いていたのか静かに頷《うなず》いた。

それがマクロな視点で考えた時に見えた結果だ。シエスタの心臓に異変が起こったことで、長らくここを訪れていなかったスティーブンも、その診断をしに来なければならなくなった。それは俺たちにとって当たり前のようで当たり前ではない出来事だった。

「ああ。事実、僕は今日いくつかの仕事を中断してここへ来た。本来、患者の経過観察は僕の仕事ではない。ゆえに白昼夢がなにか意図を持って僕を呼び出すために自ら心臓に異変を起こしたと考えるのは、決して不自然ではない」

スティーブンは俺たちの仮説にそう頷いた。

しかし、だとすると次の疑問が湧いてくる。

一体なぜシエスタはスティーブンをここに呼びたかったのか。

「あたしたちにスティーブンを会わせるため」

今度は夏凪がそう推理を口にした。

「シエスタが、俺たちのために？　なんでそんなことを」

確かに俺はずっとスティーブンを探していた。理由はいくつかある。吸血鬼のこと、リローデッドのこと、そしてシエスタ自身のこと、この医者に訊《き》くべきことが山ほどあったからだ。そのことをシエスタが眠る枕元で話したこともある。

でも、だからといって……。……いや、そうか。

「だってシエスタは、願いを叶《かな》える探偵だから」

夏凪が眠り姫の顔を微笑《ほほえ》みで見つめる。

魔法少女とその敵に関わり続ける特異な日々の中で、それでも探偵は俺たちの物語の根底にいた。意識もないままシエスタは、俺や夏凪の依頼を叶えてくれたのか。

「確かに白昼夢は眠り続けているが、すべての身体機能が停止しているわけでもない」

スティーブンの解説に俺は耳を傾ける。

「たとえば彼女の聴覚細胞は眠ることなく働いていた。君が語りかける声を聞き、彼女が無意識にそれに応えることはあり得るだろう」

まさか探偵助手の立場でありながら、依頼人になってしまっていたとは。

……にしても。

「シエスタ、お前少し働き過ぎじゃないか？」

せっかく大好きな昼寝中だろ、眠ってる間ぐらい休んでいいんだぞ？

俺はシエスタの前髪を指先で軽く払う。

「ん、でもちょっと待ってくれ」

ふとあることに気付き、俺は思わず動きを止める。

「ということは、シエスタは俺が病室で喋《しゃべ》っていたことを全部聞いてたってことか？」

たとえば俺が一人でここへ来ている時。他に人がいないことを十分確認して、シエスタが眠っているからこそ口にできた言葉も、本当は聞こえてたのか……？

自然と額に汗が滲《にじ》む。自分がこっそりシエスタに漏らしていたあれやこれや言葉の数々が脳内を駆け巡り、急に吐き気が襲ってきた。

「君塚《きみづか》、もしかしてシエスタに愛の言葉でも囁《ささや》いてた？」

夏凪《なつなぎ》がジト目で俺を見つめてくる。

「……は？　いや？　まったく？」

そんな百パーセント的外れの推理に俺は首を振りつつ、十回ほど咳払《せきばら》いを挟んで本題に戻した。

「スティーブン。あんたに訊《き》きたいことがある」

シエスタが本当に俺や夏凪のためにこの医者を呼んでくれたのだとしたら、きちんと目的は果たさなければならない。

「僕に答える義務はあるか？」

しかしスティーブンはすげなく言い捨てる。

「僕の仕事はあくまでも人を救うことだ。治療をし、人を救うための道具を作る。それ以外のことに時間を割いている暇はない」

ああ、スティーブンとはそういう男だった。

彼にとって患者であるシエスタの無事が分かった今、もうこの場に用事はない。感情ではなく論理で納得させなければ、スティーブンは無駄な問いには答えないのだ。

「あなたはいつも目の前の患者にしか興味がない」

夏凪がスティーブンの前に立った。

「だけどあなたが救った人がその後どうなったのか、生み出した後の道具がどんな結果を及ぼしたのか、それを見届けることで進歩する技術もあると思わない？」

そう、俺が今回問おうとしている議題は、まさにスティーブンが救った人物と作ったモノに当てはまることだった。であれば、決して彼にとっては無駄な問答にはならないはずだった。

「あなたが医療や科学でこれからより多くの人を救いたいのなら、その輪にもう少し目を配って」

ほんのかけらも怯《ひる》まず、そう言い切った夏凪。

それに対してスティーブンは白衣を翻し、出口に向かいながらこう言った。

「仕事がある。移動しながら話そう」

◆シークレットオペレーション

再びノーチェスにシエスタの病室を任せたあと。

てっきり車でどこかに移動するのかと思いきや、スティーブンの先導により俺と夏凪《なつなぎ》は病院の地下へ連れてこられた。エレベーターで地下一階に降り、そこからは階段を使ってさらに深い階層まで進む。

やがて階段を下りきった先にあった扉を開けると、まるでトンネルのような場所に辿《たど》り着いた。薄暗い地下道には等間隔で光量の少ない電灯がついている。ふと足下を見ると錆《さ》びた線路がそこにはあった。

「昔は誰もが使っていた地下鉄道だ」

スティーブンが背中越しに言う。

どことなくかび臭さを感じながら歩いていると、やがて停留所のような場所に辿り着いた。スティーブンが立ち止まったため、俺と夏凪もそれに従う。待つこと約三分、ゴーッという音を立てて二両編成の電車がやってきた。俺たちの知らない世界はやはり表裏一体で確かに存在するらしい。

電車の扉が開き、スティーブンを先頭に俺たちは乗り込む。

当然と言うべきか他に乗客はいない。ロングシートに俺と夏凪は並んで座り、スティーブンは向かい側に腰を下ろす。そして。

「なにが訊《き》きたい？」

ノートパソコンを膝の上で開きながらスティーブンは俺たちにそう尋ねる。

俺は夏凪とアイコンタクトを交わし、質問の権利をまずは彼女に譲った。

「吸血鬼は歴代の《発明家》が作った人工種っていうのは本当？」

それは一週間前、俺たちがリルから聞いていた情報だった。

「ああ、昔から彼らはそういった研究をしていたという。ヴィクター・フランケンシュタインの物語はフィクションとして語り継がれてきたが、実際のところはそう史実から遠くはない」

やはり、かねてより《発明家》は怪物を作り出す研究をしてきたと？

だとすればその目的は一体なにか。知識欲か探究心か。学問の追究や研究の野心に必ずしも理由を求めてはならないと大神《おおかみ》は言っていたが。

「吸血鬼の創造は、そんな《発明家》たちへのある依頼から始まった」

「……依頼？　一体誰が？」

「時の《連邦政府》だ」

俺の問いにスティーブンは顔を上げて答える。

「およそ二百年前、この地球上に凶悪な《世界の敵》が連続して襲来した。最近で言えば《原初の種《シード》》と同じかそれ以上の敵だ」

確かリルの話によれば、《原初の種》も相当なレベルの災厄に該当するということだったはず。それを超える危機が続々と訪れるとすれば、その脅威は計り知れない。

「そして当時の《調律者》の面々だけではその危機に対処できないと判断した政府高官らは、強力な兵器を新たに用意することにした」

「……それが吸血鬼、ということ？」

夏凪《なつなぎ》が尋ね、スティーブンが頷《うなず》いた。

「じゃあなぜ今、政府はスカーレットに同族殺しなんて真似《まね》をさせてるんだ？」

二百年前、自分たちの判断で吸血鬼という種族を作らせておきながら。どうして今になって《連邦政府》はスカーレットを使って吸血鬼を消そうとしているのか。

しかしスティーブンはその問いには答えなかった。

答えを知らないのか、それとも知っていて口を噤《つぐ》むのか。間もなく電車が止まり、扉が開いた。スティーブンが先に降り、俺と夏凪もそれに続く。

それから数歩進んだ先にはすぐドアがある。鍵を開けて古びたドアノブを捻《ひね》ったスティーブンに続いて中に入る。早速つんと鼻を刺す薬品の臭いを感じた。雑多に積まれた本と実験器具が置かれた部屋。触らぬようにと注意されながら、俺と夏凪も奥に進む。

部屋の奥には一台の大きなデスク。パソコンやモニターが置かれ、その傍らには写真立てが飾ってある。そこに映っているのは……小さな男の子？

「次の質問を受け付けよう」

デスクの前に座ったスティーブンは、その写真立てを伏せながら俺に声をかけた。

すると夏凪が俺に目配せをする──今度は君塚君彦《きみづかきみひこ》の番だ、と。俺は一歩前に出てスティーブンに尋ねる。

「あの魔法少女は俺たちに一体なにを隠している？」

かつてリローデッドに何らかの資質を見出《みいだ》して《調律者》にスカウトしたというスティーブン。彼女の武器の製造や身体《からだ》のメンテナンスの責任者を兼ねているこの男ならば、魔法少女の秘密を知っているはずだった。

「なにを隠しているか──か」

スティーブンは一瞬、書類を見ていた顔を上げた。

「なぜ君は、リリアがなにかを隠していると思った？」

……リリア？　それがリルの本名か？

てっきり「リローデッド」の愛称が「リル」なのかと思っていたが。リローデッドという名はコードネームのようなものだったのか。

「一週間前、リルが突然倒れたこと。それに、あいつの戦闘スタイル……彼女はあまりにも敵を恐れなすぎる。その辺りの違和感から、リルは俺たちになにかを隠していると踏んだ」

もちろん彼女の過去や強い使命感こそがあの戦い方と結びつくこともあるだろう。

だがそれにしてもリルの戦闘スタイルは俺の目には異常に映った。たとえば一週間前もそうだ。まさに《暴食》に右腕を噛《か》み千切られようとしているその瞬間も、ほんの少しも怯《ひる》むことなくリルは自分の攻撃を優先させていた。

「であれば、すでに君は解答に辿《たど》り着いている」

ふとスティーブンが思いもかけないことを言った。

「あの少女には先天的に恐怖心という感情が存在しないのだ」

「……それは、性格的なものか？」

「僕はそういう疾患だと分析している」

スティーブンはあくまでも科学的に、あるいは医学的にリルの症状を語る。

「言うなれば、心の癌《がん》。この手の病に犯された者は大概、感情を失ったまま死んだように生きるか、逆に凶悪に堕《お》ちるかの二択しかない。だが稀《まれ》に第三の選択肢――ありあまる正義として生きることのできる人物がいる。それがリリアだった」

……ああ、そうか。リルは、敵と戦う際に最も余計な感情――恐怖心を有していない。

だからスティーブンは昔、彼女を《調律者》に勧誘したのか。リルの抱える病とその生かし方を、《発明家》の慧眼《けいがん》で見抜いて。

「でも、いくら恐怖心がなくても怪我《けが》や病気は普通にするはずでしょ？」

すると夏凪《なつなぎ》がそう割って入った。

「敵と戦ってる時だって、痛みがあれば物理的に動けなくなるはずで……」

「だからこそ僕がいる。彼女の類《たぐ》い希《まれ》な資質を最大限生かすために」

嫌な予感がした。そしてそういう直感が外れたことはなかった。

「リリアは戦闘中、常に痛覚を遮断する薬を服用している」

スティーブンの口からリローデッドの秘密が明かされる。

「そうすることで魔法少女は、恐怖も痛みも感じない戦闘マシーンと化す」

ぞわりと鳥肌が立った。

今までの彼女の発言、行動、過去、矛盾、それらがすべて一つの点に集約されていく。

仇敵《きゅうてき》を己の手で討つ――リローデッドはそのためだけに人生とその身を捧《ささ》げていた。

「無論、薬の副作用はそれなりにある」

スティーブンはデスクのパソコンを起動しながら続ける。複数あるモニターには、なにやら小難しい計算式や表が映っていた。

「また痛みを感じないということは、自分の身体《からだ》が内部でどれほど損傷しているか自覚ができない。それを自動的に感知するチップを彼女の体内に埋め込んでいる。本当に危機の時はアラートが鳴るシステムだ」

……だから一週間前のあの時も、すぐに競技場に迎えの車が来たのか。リルは常に自分の身体が壊れる危険と隣り合わせで生きてきたのだ。

「リルは戦うためだけの機械なんかじゃないぞ」

「彼女が自ら望んだことだ」

スティーブンは顔色一つ変えることなく切り返す。

「自らの本懐を叶《かな》えるためになにかを犠牲にする。その感情が理解できないか?」

言葉が出てこない。少なくとも俺が……かつて同じことを願った俺が、それを否定していいはずがなかった。

「行こう、君塚《きみづか》」

夏凪《なつなぎ》が隣に立った。

「きっとあたしたち、まだ彼女と話さなくちゃならないことがある」

「……ああ、そうだな」

俺はポケットに入っているスマートフォンをぎゅっと握りしめた。

「少し、長話をし過ぎたようだ」

ふとスティーブンが作業の手を止めて立ち上がった。

まだ訊《き》きたいことはあった。それはシエスタのこと……彼女を目覚めさせる方法について、スティーブンと話し合いたいことが俺にはあった。しかし少なくとも今はそれが叶わないとすぐに知ることになる。

俺たちの背後で、部屋の扉が吹き飛んだ。そして何者かがジャラン、ジャラン、と不吉な金属音を立てて侵入してくる。

「なに、あれ……」

夏凪がそいつを見て目を見開く。

顔面を覆うのは鉄のマスク。そして全身から黒塗りの銃が生えている。そういった鎧《よろい》を身に纏《まと》っているのか、あるいは本当に肉体を武器人間のように改造しているのか。いずれにせよ俺は、こいつと似た存在をつい最近も目の当たりにした。

「強欲の魔人だ」

そう敵の名を口にしたのはスティーブンだった。

「別名はマモン。その強欲な性質は相当に凶暴だと聞く」

「……あれも《暴食》と同じ七大罪の魔人の一人なのか」

強欲の魔人は無言のまま、それでも全身の銃口を俺たちに向けて立つ。

「しかしその全身を武器で覆った姿は暴食の魔人の真似《まね》か？　強欲なお前は、ここになにを奪いに来た？」

スティーブンがかつかつと靴音を鳴らし、俺たちの前に出る。

と、その時、警告音のようなアラームが部屋に響き渡った。

次いでデスクのモニターにウインドウが生じ、英語の文字列が表示される。俺は頭の中でそれを日本語に訳し直す。

『残る四人の魔人を《世界の敵》に再度認定』

『《魔法少女》リローデッドにその撃退の使命を下す』

夏凪《なつなぎ》と共に息を飲む。

俺たちの意図や願いを無視して、今すべてが動き出した。

「そこの本棚の向こうに裏口がある」

スティーブンが背を向けたまま、左隣に並ぶ本棚を指差した。

「そこからまっすぐ地下道を走るんだ。じきに見えてくる梯子《はしご》を登って地上へ出られる」

「でもスティーブン、あんたは……」

「心配は不要だ。それと」

スティーブンが白衣のポケットからなにかを取り出し、ノールックで俺に投げ渡した。

「その時が来たらリリアに使え」

「これは……？」

俺が尋ねようとしたその瞬間、スティーブンの右肩から金属製のアームのようなものが、にゅっと出現した。

「ここは僕の研究室《サンクチュアリ》だ。何人たりとも邪魔は許さない」

それを見た《強欲》が機械音のような声で啼《な》く。

俺と夏凪は頷《うなず》き合い、スティーブンにこの場を任せて裏口へ向かう。そして部屋を出て行く寸前、スティーブンの声が最後に聞こえた。

「さあ、強欲の魔人。診せてもらおう。お前はどんな感情の病に冒された？」

◇魔法少女の傲慢

日本の冬は故郷よりは寒くなかった。

それでも一月のこの時期、陽《ひ》が暮れ始める頃になると頬を寒風が刺し、上着の前も閉じたくなる。正直いつもの薬を飲めば痛みどころか寒さや暑さも忘れることはできるけれど、その後の副作用を考えると積極的に使いたいものではなかった。

それに薬に頼らずとも、日本には寒さを紛らわせられるものが数多くある。二十四時間営業のコンビニには熱々のおでんや肉まんがあるし、さっきはヤキイモなるものを路上の屋台で買うことができた。アルミホイルに包まれたそれを半分に割って一口頬張《ほおば》るだけで、身体《からだ》の中から暖まっていくようだった。

「あなたも食べるでしょ?」

夕暮れの路地裏。

私は自分の数歩後ろをついてきているその子に話しかける。

「ねえ、聞いてる? ――フレイヤ」

私よりも少しだけ低い身長のその子は、まったくの無表情で空を眺めていた。くすんだ赤毛や頬のそばかすはあの頃のまま。ただ白い歯を見せていたあの笑顔だけ、どこかに置き忘れてきたかのよう。

それでも、確かに吸血鬼による奇跡で生き返ったフレイヤがそこにはいた。

「あなた、食べ物はなにが好きだったんだっけ」

半分に割ったヤキイモを手元に見ながら独り言のように呟《つぶや》く。

フレイヤと一緒にご飯を食べに行ったりした記憶はあまりない。

私たちは決して友達というわけではなかった。だから休日に待ち合わせをしてどこかに遊びにいくということもしていない。そう考えると本当のところ、私はこの子のことをあまり知らないのだ。

「やっぱりつまらない？　リルと喋《しゃべ》ってても」

「………………」

フレイヤはなにも答えない。スカーレットがある方法で彼女を生き返らせてから三日、まだ私は一度もその声を聞いていなかった。

でも、こうなることは知っていた。スカーレットが蘇《よみがえ》らせる《不死者》は、生前最も強かった本能だけを宿した状態で生き返る。このフレイヤが昔の彼女と同一でないことは分かっている。それでも。

「……なにか、言ってよ」

ぼーっと空を見上げるフレイヤについ愚痴を漏らす。

この三日間、彼女はずっと私の一人暮らしの家に置いていた。だけど彼女は喋りもしなければ、食べることも眠ることさえしない。時折、部屋の窓から青空を眺めているだけだった。こんな風に散歩に連れ出してみたところで大きな変化は見られない。

「あなたは他にしたいこと、ないの？」

私が唯一知っているフレイヤが好きなものは、日本のアニメ。その中でも特に魔法少女モノと呼ばれるものが好きだった。だから一昨日はそのフィギュアも買ったし、昨日はDVDも一緒に見た。だけどやっぱり芳《かんば》しいリアクションは得られない。

「あんなに好きだったじゃない」

会話にならないと分かっていて、また独り言を吐く。

「いつもリルが迷惑するぐらい、どの話数のどのシーンが最高だったかって語ってたじゃない。……リルの方が詳しくなってどうするのよ」

もうアニメなんて興味がなくなった？　魔法少女なんてどうでもいい？　こんな話をされてもつまらない？　――生き返りたいなんて思ってなかった？

「迷惑なら、そう言ってよ」

訊《き》きながら、返事はないと分かっていた。

返事はないと分かっていながら、フレイヤの顔を見るのが怖くて背を向けた。

「怖い？」

自問自答する。

そんなはずがない。私にそんな感情は最初から存在しないのだから。

「――ぁ、――ぁ」

なにか声が聞こえた気がした。

「フレイヤ？」

思わず振り返る。

陽《ひ》が落ちかけた路地裏。背後に立っていたフレイヤ。

そのさらに遠く向こうに、大きな人影があった。

「まさか、あんたは」

大きな人影、なんて簡単な言葉で形容したけれど、それは普通の人間の体格でも風貌でもなかった。二メートルを遥《はる》かに超えた身長。頭部にはヤギのようなツノ。そして六本の腕の一つには巨大な槍《やり》が握られている。

「──傲慢の魔人」

七大罪の魔人を倒すと決めた時に探った資料で見たことがある。

間違いない、こいつは《傲慢》だ。

その時、携帯端末がメッセージの通知を知らせた。《黒服》からの連絡。内容は、四人の魔人を討つことを《魔法少女》に命じるというもの。《連邦政府》高官ドーベルマンからの伝言だろう。

「最初からそのつもりよ」

持ってきていた鞄《かばん》から例の衣装を取り出す。着替えの手間なんてほんの数秒もかからない。《発明家》が作ったこれはパワードスーツのように一瞬で装着できる。

そして魔法のステッキを握り締めた。

魔人を倒すために最適化された武器はすでに与えられている。魔法少女である私だからこそ魔人を倒せる。だからまずは今、目の前の敵から討ち倒す。——だけど、その前に。

「あなた、走るのは得意だったでしょ？　逃げなさい」

フレイヤはそれに答えない。

ただじっと無表情のまま、私の顔を見つめていた。

「っ、せめて下がってて」

取り出した小さなカプセルを奥歯で噛《か》む。

かりっと音がして、慣れた苦みが口いっぱいに広がった。もうこの戦いで、私は痛みも苦しみも感じない。これだけで無敵の魔法少女は誕生する。

「せっかく六本も腕を持ってて、武器は長槍《ながやり》だけでいいわけ？」

槍一本で十分だとでも言うのなら、まさにこの魔人の名は傲慢に相応《ふさわ》しい。なにを隠そう、こいつの別名はルシファー。最高位の悪魔の名だ。

「だけど、この子の前で倒れるわけにはいかない」

フレイヤの前に立った私は、ゆっくりこちらへ向かって歩いてくる《傲慢》にステッキを向ける。

「魔法少女は、最終回のエンドロールまで負けちゃいけないんだから」

◆百鬼夜行

スティーブンと別れて地下道を抜け出したあと、俺と夏凪《なつなぎ》は例によって《黒服》が運転する車に乗っていた。

もう陽《ひ》は沈んでおり、暗くなった大通りを黒塗りの高級車でひた走る。俺たちが向かう先は明確だ。手元のタブレットにはその目的地が赤いポインタで示されている。

「ここにあの子がいるのよね」

左隣に座る夏凪がタブレットを覗《のぞ》き込んでくる。

「ああ。リルの身体《からだ》に埋まってるチップで居場所は特定できる」

それは彼女の健康状態を観察するために普段はドラクマが管理しているもの。本来あの医者が患者の守秘義務にあたるデータを開示するはずはなかったが、元来の主治医であるスティーブンの許可を得たと言って、これを提供してもらっていた。

リルが知ったら烈火のごとく怒るだろうが、俺もお前には同じことをクリスマスの日にされてるからな。お互い様ということで許してもらおう。

「でも、さっきからほとんど同じ場所に留《とど》まってる。しかも路上ってことは……」

「ほぼ間違いなく、敵と交戦中だろうな」

だが気になるのは夏凪《なつなぎ》が言う通り、リルはほとんどその場を動いていないこと。あいつの戦い方はもっと縦横無尽に戦場を駆け巡るものだったはずだ。そうするまでもなく敵を圧倒しているというのならいいが、もしそうではない理由が……身動きの取れない事情があるのなら、到底この状況を楽観視することはできなかった。

「──っ、と！」

その時。急に車がブレーキを踏んだ。

車体が大きく右に揺れ、それに伴って夏凪が勢いよく俺の方に倒れ込んでくる。思わず抱き締める形となり、頬と頬が接触する。ふわりとシトラスの匂いが香った。

「大丈夫か？」

「う、うん。ごめん」

夏凪は髪をときながら俺の腕から離れる。だが左頬には温かい感触が残っており、俺は思わず指先でその箇所に触れた。

「し、してないよね？　頬が触れただけだよね？」

「夏凪、どさくさに紛れてこういうのは、な……」

「嘘《うそ》じゃん！　してないから！　キ……とか絶対してないから！」

夏凪は分かりやすく地団駄を踏む。

「分かったから心配するな。今のことは忘れるし誰にも言わない」

「お、大人な対応やめてよ……。あり得ないから！　あたしが君塚《きみづか》に口づけすることなんて未来永劫《みらいえいごう》ないんだから！」

興奮して暴れる夏凪をどうどうとなだめながら、改めて周囲の状況を確認する。

なぜ車は急停止したのか。あの《黒服》が運転ミスをしたとは考えにくい。後部座席からフロントガラスを覗《のぞ》くと、そこには人の群れがあった。車道を堂々と、数十人が列をなして歩いている。

「祭りか盆踊りでもやってるのか？」

「けど冬だよ？　楽しそうな雰囲気でもないし」

夏凪と共に首をかしげる。

じゃあデモ活動かと思ったが、やはりそれにしては誰も声を発していない。

「……まさか」

群衆の一人一人の顔を見て思い至る。

俺は「あれ」を見たことがあった。

「スカーレットの作った《不死者》だ」

夏凪が目を丸くする。その瞳に映るのは俺と同じく、生気のない死者の軍勢。どこか上の空で、ふらふらとかろうじて列をなして前に進む。

「ねえ、どんどん増えていってない？」

夏凪《なつなぎ》の言う通り、群衆は厚みを増していく。

いつの間にか数十人から百人へ、そして数百人の行進へ。

まるでそれは、百鬼夜行。

月夜の下、白き鬼が作り出した死者の群れはどこへ向かって進軍するのか。

「この先にあるの、国会議事堂だよ」

夏凪が地図アプリを眺めながら指摘する。

「……あながちデモも間違ってなかったのか」

だとしたら死者はなにを社会に訴える？　なにを国に問いかける？

吸血鬼はなにを世界に——

「まさか、これが吸血鬼の反乱なのか？」

だとすると、それを止めるのは《名探偵》の使命、ここにいる夏凪の仕事だ。このまま車を迂回《うかい》させてリルのもとへ行くことはできない。それは《調律者》における絶対遵守のルール。……いや、夏凪にとっては役職なんて関係なく、このまま目の前の事態を放っておくことはできないはずだった。

「君塚《きみづか》、あれ！」

その時、行進していた群衆の統制が突如乱れた。まるでモーゼが海を割ったかのように、列の真ん中に亀裂が入る。その中心になにかがいた。

「夏凪、降りるぞ」

ドアを開けて車外に出ると、数十メートル先にそいつは立っていた。

遠目ではっきりとは分からないが、赤いワンピースを着た女に見える。さらに大きな三角帽子《ぼうし》を被《かぶ》っていて、そこから長い髪の毛が垂れている？

「なに、あの蛇」

いつの間にかオペラグラスを構えていた夏凪がそう呟《つぶや》いた。

どこからともなく便利道具を取り出す姿はいつか誰かの探偵そっくりで。俺も夏凪からそれを借りてワンピースの女を観察する。

「……どこの蛇遣いだよ」

女の長い髪だと思っていたものは、あろうことか大量の蛇だった。さらにその蛇の口からは涎《よだれ》のようなものが垂れており、煙を立ててアスファルトを溶かしていた。硫酸なのか特殊な毒か。いずれにせよ、まずいのは。

「ねえ、なんか、こっちに向かって歩いてきてない？」

「ああ、夏凪の目にもそう見えるか」

まだかなりの距離はあるものの、ワンピースの女は死者の群衆とは逆向きに……つまりは俺たちの方へ一歩一歩、謎の液体を滴らせながら迫ってくる。あれはスカーレットが作った《不死者》じゃない？　だとしたらその正体は——

「嫉妬の魔人だ」

ふいにどこからか解答がもたらされる。気配もなかった。だがそいつはいつの間にか俺と夏凪《なつなぎ》の間に立って、ゆっくり迫ってくる敵を見つめていた。

「大神《おおかみ》さん！」

それなりに長髪ながら決まったヘアスタイルに、様になるスーツ姿。高身長の背中には大きな鎌が背負われている。

「《嫉妬》の別名は悪魔のレヴィアタン。海を司《つかさど》る蛇の怪物」

「解説はありがたいが……大神、あんた今までどこに行っていた？　夏凪の助手代行じゃなかったのか？」

「魔人の動きを追っていた。が、無論《名探偵》のことも常に半径一キロメートル以内の範囲では見守っていた」

だからストーカーかよ。覗《のぞ》きとかやってないだろうな、この助手代行とやらは。

「なんだ、嫉妬の病に冒された人間はここにもいたか」

「誰が嫉妬の助手だ！」

この大神という男は、俺相手には皮肉を言わないといられない症候群なのだろうか。

「さて、そんな探偵助手に依頼をしてやろう。君塚君彦《きみづかきみひこ》、お前は《名探偵》を連れて向かうべき場所へ向かえ」

すると一転、大神はそう口にして、遠くから歩み寄ってくる嫉妬の魔人に目を向ける。

こいつの相手は自分がすると言わんばかりに。

「……さっきも大人に助けられたばかりなんだけどな」

俺はスティーブンのことを思い出す。強欲の魔人を引き受けて一人、研究所に残った《発明家》のことを。

「ハッ」

大神が背を向けたまま鼻で笑う。

「子どもを助けるのが大人の役目だろう？」

それは恐らく、彼の旧知であったという《執行人》を真似《まね》た生き方。

だが俺にとってはより古く――ダニー・ブライアントの生き様だった。

思わず肩が跳ねた。

「いや、あいつはもういない」

俺は一人、首を振る。

けれどあの男の遺志を継ぐ者はまだこの世界に沢山いるのだと、そう思えた。

「大神さん、本当に任せていいの？」

夏凪《なつなぎ》が大神《おおかみ》に訊《き》く。嫉妬の魔人の対処を委ねてもいいのかと。

「ええ、あなたの使命は魔人を倒すことではありません。だからここを離れ、本来の仕事をしに行くことを咎《とが》める者は誰もいないでしょう」

そうだ、《名探偵》の使命はあくまでも吸血鬼の反乱を防ぐこと。ならば、この《不死者》の軍団を作り出した張本人の元へ向かうことこそが正解だ。

「恐らく、あなたの探す相手はこの先にいる」

大神はそう言って死者の軍勢を指差す。彼らが進行する先、国会議事堂を。

俺たちはそこにいるはずのスカーレットを止めなければならない。

「でも、君塚《きみづか》は……」

夏凪がなにかを気にするように俺を見る。元々俺たちが車で向かっていたのはリルのところだった。彼女もまた他の魔人と交戦していたはずだったからだ。

「今確認したが、リルがまた移動を始めた」

リルの現在地を示す赤いポインタはゆっくりと路上を進んでいる。恐らく魔人との戦いに勝ったのだろう。また、彼女の肉体に損傷が生じた際に鳴るというアラームも作動していない。つまりリルは無事だ。

「行こう、夏凪」

俺は右手を彼女に差し出す。

「スカーレットのところに、俺たち二人で」

「いいの、それで？」

夏凪は赤い瞳でまっすぐ俺を見つめる。

その選択は間違っていないかと。リローデッドのもとへ行かなくていいのかと。

「ああ、今はこれが最善だ」

「今は、ってことは……諦めないんだよね、彼女のことも」

夏凪の問いに俺は頷《うなず》く。

確かに俺の両手はシエスタと夏凪、すでに二人の手を握るので埋まっている。俺一人だけの力ではリローデッドまで助けられない。それでも。

「俺の両手が埋まっても、まだ夏凪の左手は空いている」

はっと、夏凪が目を見開いた。

「俺はいつでも夏凪を助ける。だからリローデッドのことは夏凪が助けてほしい」

きっとそうやって輪は巡る。ノーチェスに叱られ、シャルと話して、斎川《さいかわ》の言葉を聞いて、俺はその答えに至った。

かつてシエスタが俺に手を伸ばし、それから俺が夏凪の手を取って歩き、今度は夏凪がまた誰かを救う。そして救われたその人が、また空いた手を他の誰かに差し伸べる。両腕に大きなものを抱えながら、それでもすべてを諦めないためにたった一つ許された方法がそれだった。

無論すでに夏凪《なつなぎ》は多くの人を救っている。俺だって何度も助けられたうちの一人だ。ゆえにこれは俺のわがままで、夏凪への……探偵への甘えなのかもしれない。けれど……いや、だからその代わりに。

「俺はお前のもとから離れない。これから先、どんな理不尽なことを言われようとついていく。夏凪がどんな奴《やつ》を敵に回しても俺だけは味方でいる。夏凪渚《なぎさ》がいつか俺を必要ないと言うその日まで、俺はずっと……」

「あー！　もう！　分かったから、ストップ！　ストップ！」

夏凪が俺の口を封じるように両手で押さえてくる。くるしい。

「き、聞かれてるから」

そして俺の耳元で囁《ささや》いた。

ふと視線を移すと、呆《あき》れたように俺を見ている大神《おおかみ》がそこにいた。

「そういうのはさ、もっと、こう、大丈夫な時に言って？」

「大丈夫な時？」

「……だから、もっとあたしがちゃんと恥ずかしがったり、喜んだりできる時」

ああ、それは悪かった。

「そろそろお遊びは終《しま》いだ」

大神が大鎌を構え、目を鋭く細める。

嫉妬の魔人は肉眼ではっきり視認できる距離に近づいていた。

俺と夏凪はその場を大神に任せ、車に乗り込む。向かう先は国会議事堂。魔人の毒を避けた《不死者》の大群によって、綺麗《きれい》に割れた一本道が伸びている。

黒塗りの車は、吸血鬼の根城を目指した。

◇それが最後に残った道標《みちしるべ》

「……はあ、はあ」

痛みや疲労は感じなくとも、呼吸器までは騙《だま》せない。

先の戦場からしばらく歩いた後、私は路地の壁に背中をつけて座り込んだ。荒く白い息が、短いリズムで口から漏れ出ていく。

「フレイヤ、怪我《けが》はない？」

それから少し息を整えて、隣に立っている少女に尋ねた。

相変わらず返事はない。でも見た限り特に外傷はない。

傲慢の魔人は、フレイヤに傷一つ付けることなく地に沈んだのだ。

ざまあみろと心で毒づく。ルシファーという悪魔の王の名に胡座《あぐら》をかいていた油断、その不遜な傲慢《プライド》はへし折ってやった。

「あなたも座らない？　疲れたでしょ」

「…………」

フレイヤはじっと目を見つめてきて、少しだけ首をひねった。

もしかすると、声だけは聞こえていたりするのだろうか。たとえ意識や感情はなくとも、私が話しかけていること自体は分かっている、なんて。

……いや、こんなの都合のいい考えだ。ほんのちょっとでも彼女の変化を感じ取ろうとしているだけに過ぎない。それこそ私の傲慢だ。

「ごめんなさい、勝手にあなたを連れ戻して」

結局この謝罪も届かないと分かっていて、それでも言わずにはいられなかった。

一週間前、スカーレットにあなたを生き返らせたいかと問われた時、なぜか私は少しも迷わずにその誘いに乗ってしまった。君彦《きみひこ》が名探偵を取り戻すことに躊躇《ためら》いがなかったと言っていたのと同じく、私も。

フレイヤの本心は分からないのに。彼女の家族の望みも聞いていないのに。私は、もう一度フレイヤに会えるというその可能性を捨てることはできなかった。

あなたとは、友達でもなかったはずなのに。

「別に、好きに生きていいのよ」

言いながら無責任だと自己嫌悪した。
好きに生きろと言ったって、どこへ行けというのか。私が見放したら彼女は……。
ふと、膝を抱えていた私の横にフレイヤが座った。
同じように体育座りをして、けれどやっぱりなにも喋《しゃべ》らずに上を見上げる。
「また、空を見てるの？」
そこには夜空。でも私たちがいつも見上げていた景色とは違う。
あの頃リルたちの上にあったのはいつも、抜けるように青い空だった。
私とフレイヤの戦う場所はいつだってあの景色だった。
それがどうしてこうなったのか。なぜ私の戦場は……。
腕時計型の端末にメールの通知が来る。君彦からだった。
メッセージはたった一言——必ず行く。
「リルがどこにいるかも知らないじゃない」
この一週間、彼からの連絡には一度も返事をしていない。だというのに今だって。
本当にしつこい。使い魔《ペット》なんて拾うんじゃなかった。
「なによ、リルの手を取らなかったくせに」
少し、疲れた。身体《からだ》ではないどこかが。
両膝の間のくぼみに額を埋《うず》める。

今の自分にはなにがあるのだろう。

取り柄だった棒高跳びはやらなくなった。友人なんて最初からいない。仕事のパートナーはこの手で切り捨てた。じゃあ今の私に残ってるものは？

ザザ、となにかを引きずるような音がした。

顔を上げる。……ああ、そうだ。

私にはまだ残っているものがあった。

あいつがいる。お前がいる。暴食の魔人がいる。

「お前を殺すことだけが、私に残された道標《みちしるべ》だ」

三十メートル先、大口を開けて咆吼《ほうこう》する魔人がいた。

身体《からだ》のあちこちからは刃《やいば》が生えている。やはり力を蓄えて復活したらしい。

フレイヤをその場に残し、私は宙に跳ぶ。

時間は掛けられない。ステッキを振るい、水色に光るレーザー光線で敵を撃つ。

「……砕《くだ》けない、か」

レーザー銃の熱線でも《暴食》の鎧《よろい》のような肉体にダメージは与えられない。すると敵は反撃とばかりに、全身に生えた剣を抜いて宙に浮かぶ私に向かって投擲《とうてき》する。けれどそこまで標的を狙う正確性はない。

刃の雨を掻《か》い潜り、宙を蹴って敵に突進する。《暴食》はノコギリのような武器を引き抜き、魔法のステッキと鍔迫《つばぜ》り合《あ》いが起こる。その間《暴食》の身体に生えた他の刃が私の腕や足を掠《かす》めるが、今はそんなことは関係ない。

「お前だけは殺す。その後のことなんてどうでもいい」

それ以外に望みはないのだから。

「……っ！」

けれど《暴食》の異常な膂力《りょりょく》で押し切られ、ステッキの先端がぽきりと折れる。私は吹き飛ばされるようにアスファルトを転がり、全身から鈍い音がした。それでも痛みはない。

痛覚遮断の薬はまだ効いてる。だけど。

「まだ力が足りない」

いつもとは違う、別の種類のカプセルを歯の奥で噛《か》み潰《つぶ》した。

スティーブンはあまり使うなと言っていたけれど、この後のことはどうだっていい。今この魔人を倒せる力さえ手に入るのなら、それで。

「──■あ、■──ェ■!!」

突進してきた《暴食》に二度目の鍔迫り合いを挑む。手応えがあった。

さすがは即効性の特効薬。なんだか頭がぼーっとする代わりに、なかったはずの力が湧いてくる。今度は《暴食》の膂力《りょりょく》に潰されることなく、逆に敵の武器をへし折った。

「ここからはリルのターン」

一瞬怯《ひる》んだ《暴食》の左胸を蹴り飛ばすと、レーザー銃でも傷をつけられなかった敵の肉体にヒビが入った。ただ同時に自分の身体《からだ》からも鈍い音がする。

恐らく今ので右足の指の骨は折れた。でも大丈夫、痛みは感じない。それにどの骨なら折れても戦闘に支障がないかぐらいは把握している。まだ走れるし、まだ跳べる。

「魔人の心臓は何色をしてるの？」

あとはこの左胸に、折れたおかげで鋭利になったステッキの先端を突き刺せれば。

「……っ！」

だけどその時《暴食》の鋭い鉤爪《かぎづめ》が、私の右手首を貫通した。

「よかった、ちぎれなかった」

じゃあいいや。この一撃が通ればそれでいい。恐怖はない。数週間前、《てるてる坊主》の白い布にこいつの姿が見えた時も、決して怯みはしなかった。血が噴き出した右手で、ステッキを《暴食》の左胸に突き立てる。

――固い。身体の中まで鋼で作られているかのようだった。

「そっか、もう人間はやめたのね。リルと同じで」

筋繊維が飛びすぎた。薬の力をもってしても、これ以上力が入らない。ステッキを抜いて、大きく後ろに跳んで下がった。

「フレイヤ、一人で逃げられないならせめてリルの後ろにいて。とにかくあいつの攻撃の射程範囲にだけは……」

そう話しかけて、ふとフレイヤが後ろを見ていることに気付いた。その先の暗闇に大きな影が這《は》い出てくる。おおよそ普通の人間の体躯《たいく》ではない。六本腕のシルエット――倒したはずの傲慢の魔人がそこにはいた。

「っ、まだ生きてたか」

前には《暴食》、後ろには《傲慢》、さすがに挟み撃ちは厳しい。自分一人ならともかく、フレイヤを庇《かば》いきれない。この子を抱えて跳んで逃げるか、そもそも逃げられるのか。そんな選択に迫られていた刹那。

傲慢の魔人の首が、がくんと折れた。

そして、まるで見えないワイヤーで切り取られたように《傲慢》の頭部がアスファルトを転がる。路地の外壁、その上には赤い影があった。

「――加瀬風靡《かせふうび》」

この一瞬の出来事は《暗殺者》の仕業だった。

「去年の《連邦会議》以来だな」

風靡はそう言いながら、《傲慢》を始末したと思われるワイヤーを手持ちのリールのような道具で巻き取った。

「つい割って入ってしまったが、《魔法少女》の仕事に手出しは無用だったか？」

そして風靡《ふうび》は私を見てニッと口角を上げる。

なるほど、どうやらいつかの会議での仕返しのつもりらしい。

「いえ、やっぱり旧態依然としたルールは変えるべきかもね」

おかげで助かった、とお礼にならない礼を言う。

「でもどうしてあなたがここに？」

「ちょっとこの魔人とやら、個人的に気になることがあってな」

風靡は地面に降り立ち、反対側にいる《暴食》を見つめる。わざわざ《暗殺者》が《七大罪の魔人》に関わる理由がなにかあるというのだろうか。

でも、いずれにせよ。

「あれはリルの獲物だから」

会話の隙は与えない。

風靡の返答を待たず、私は敵に向かって大きく地面を蹴った。

「■、■■ぁ――あ■ォ!!」

暴食の魔人が不快なノイズで啼《な》き、獣のようにこちらへ突進してくる。

でも力勝負ならもう負けない。ステッキを構え、三度目の鍔迫《つばぜ》り合《あ》いを覚悟した私に対して——敵はその脇を通り抜けた。

咄嗟に風靡がフレイヤを庇う。

けれど敵の目的は彼女たち二人でもなかった。暴食の魔人は、その先に転がっていた《傲慢》の頭部に齧《かじ》り付《つ》いた。そして血肉を喰《く》らい、飲み込み、啼く。

「……最高位の悪魔を、食べた」

それがなにを意味するか、最早《もはや》考えるまでもない。

暴食の魔人の身体《からだ》が大きく隆起したかと思えば、ぽとり、ぽとり、と身体から刃《やいば》が抜け落ちていく。それはまるで脱皮のようで、そう思った次の瞬間には、背中から昆虫の羽のようなものが、生えてきた。その枚数は六枚。傲慢の魔人の力を吸収したのだ。

今、魔人は害虫の怪物に生まれ変わりつつあった。

だが敵は一瞬私たちを気にする素振りを見せると、直後、背を向けて地面を蹴った。今の状態でもまだ私たちに敵《かな》わないと踏んだ？——だったら。

「風靡、その子を頼んだわよ」

フレイヤを任せて私は走り出す。

風靡の「待て！」という声は一瞬で聞こえなくなる。

逃がさない。絶対に逃がさない。

今日討ち損ねたらアレはまた長い時間身を隠し、さらに力を蓄えて戻ってくる。思い通りにはさせない。

走れ。走れ。——走れ。

そうして我を忘れて走り続けてどれぐらい経《た》った頃か。

ぐさり、となにかが腹部に刺さった。

感覚が麻痺《まひ》しているからよく分からないけれど。痛みも冷たさも熱さも感じないけれど、
ただ、視線を下ろすと……なにかが腹部を貫通しているのが見える。

「——ぁ」

それは一本の長槍《ながやり》だった。アスファルトに血が滴り落ちる。

気配を感じて近くの建物を見上げると、屋根の上で《暴食》が舌を出して笑っていた。

脱皮で抜け落ちた武器を投擲してきたのだ。

そうして私が膝を折ったのを見て敵は去って行く。

食べるつもりはないらしい。もっといい餌が近くにあるのだろう。所詮、私の強さは科学で作られたもの。《暴食》の求める優秀な遺伝子は有していない。

「………」

もう声は出なかった。声だけじゃない、目の前が暗闇に閉ざされる。

負けてはいけないのに。魔法少女は、負けてはいけないのに。

倒れ込んだ固いアスファルト。

見えない正義の味方に向かって、助けてと左手を伸ばした。

◆二百年のブラックボックス

車で国会議事堂に到着した俺と夏凪《なつなぎ》は、二人で建物の中を歩いて行く。

最低限の明かりだけが灯《とも》った廊下、人はいない。いくつかの扉を開けて部屋の中を確認し、やがて本会議場に一人の男がいるのを見つけた。

ただしその「一人」というのが正しい表現かどうかは分からない。広い会議場の奥、机に腰掛けているそいつは人ではなく鬼だったからだ。

「久しいな、人間——いや、君塚君彦《きみづかきみひこ》」

百鬼夜行の真の主とでも言うべきか。吸血鬼たるスカーレットはこちらを見て金色の瞳を細めた。俺と夏凪は入り口付近で留《とど》まり、ある程度距離を保って相対する。

「そっちの女も、前に一度会ったな？」

スカーレットは夏凪を見て妖しく口角を上げる。

「そうか、白昼夢の代わりにオレの花嫁になりにきたか」

「花嫁？　なに言ってるの」

夏凪は訝《いぶか》しげに首をかしげる。スカーレットは前にシエスタのことを花嫁候補だとか言っていたが、夏凪《なつなぎ》は多分その話は知らないはずだ。けれど。

「お嫁さんは誰かが代われるものじゃないでしょ。本当に好きな人と一緒になるからこそ花嫁は世界一綺麗《きれい》でいられるんだから」

夏凪はそんな理論でスカーレットの提案を一蹴する。

「――ハハ、その考えはなかったな」

スカーレットはわずかに虚をつかれたように目尻を下げた。

「それにしても、スカーレット。お前、どうやってここに侵入した？」

「ん？　無論その探偵と同じだと思うが」

「お前も顔パスか」

つまり《調律者》の資格を使ったということらしい。正義の味方に与えられたその特権は、大抵の公的機関へのアクセスを無条件に許可する。

「でも、おかしいだろ。なぜこれだけのことをして、お前はまだ《調律者》の資格を奪われてないんだ？」

「ハッ、なにを」

スカーレットはさもおかしそうに一蹴する。

「まるでオレが《世界の敵》にでもなったかのような言い草だな」

「あなたがあの死者の軍団を作ったんじゃないの？」

夏凪が追及する。この事態を引き起こしたのがスカーレットなら、《調律者》としての資格を失うには十分だろうと。

「オレはただ、世界を本来あるべき形に戻そうとしただけに過ぎない」

しかしスカーレットは首を振って否定すると「なぜなら」と言ってこう続けた。

「あの《不死者》の集団は元々、《暴食》によって喰《く》われた被害者だ」

その発言に俺と夏凪は思わず息を呑《の》む。

「被害者のDNAはすべて《暴食》に食われた際に取り込まれていた。ゆえにオレは間接的に《暴食》の血を使って、被害者を全員《不死者》として蘇生《そせい》することができた」

……だから一週間前、スカーレットは死にかけの《暴食》のもとに現れたのか？　あれは暴食の魔人を助けるためではなく、奴《やつ》の身体《からだ》から大量の《不死者》を作り出すことが目的だったと？

「いわばこれは人助けだ」

スカーレットは大仰に両手を広げる。

「不運にも魔人の毒牙にかかってしまった罪なき人類を、オレが吸血鬼の能力で救ったのだ。オレが《調律者》の資格を剥奪《はくだつ》される理由がどこにある？」

その問いに俺はすぐに答えを出せなかった。

死者を生き返らせるということ。その試みに対して、少なくとも俺はなにも意見をすることができなかった。同じ願いを抱いたことのある者として。

「でも、仮にあなたが良心に従って彼らを生き返らせたとして、国会議事堂に向けて進軍させているのはなぜ？」

すると夏凪《なつなぎ》は、死者の蘇生《そせい》そのものではなく、その後のスカーレットの行為について糾弾する。奴《やつ》が死者を操っているその理由を。

「《不死者》となった者はみな元々、強固な意志や願いを持った人間だった。《暴食》が殺して喰《く》らうのは、そういう人種ばかりだったからだ」

スカーレットは、恐らく夏凪の問いに対する答えとなることを語り出す。

「ゆえに《不死者》となったとは言え、生前の強い本能を携えて生き返るはずだった。だがあやつらは今その本能や願いを忘れ、他者に意志そのものを書き換えられたかのような行動を取っている。生物の意識とは、魂とは、一体なんなのだろうな」

スカーレットはそう言うにとどめ、天井を見上げる。だが、なぜだろうか。その金色の瞳はどこか物憂げにも見えた。

「実験をしているわけではないのか？」

俺はスカーレットに訊《き》く。死者を生き返らせ、己の命令を聞かせる実験を行っているのではないかと。

だがスカーレットは天井を見上げたまま答えない。だったら、と次にこう訊いた。

「そうやって反乱を起こすつもりか？」

スカーレットは視線をこちらに戻した。

「誰に対してオレが反乱を起こすと？」

「《連邦政府》に」

そう答えたのは夏凪だった。

「かつて彼らが吸血鬼という種を亡《ほろ》ぼす命を下したから」

「そこまで知っていたか」

白き鬼は薄く笑う。

スティーブンが語っていたことはやはり真実だった。

「ああ、確かに奴らに対する復讐《ふくしゆう》の動機はあるやもしれないな。二百年前に自分たちが《発明家》に命じて吸血鬼という生体兵器を生み出させておきながら、やはり手に余ると判断するとすぐに種の殲滅《せんめつ》を決めた」

それがスティーブンも言わなかった、吸血鬼が亡ぼされるに至ったあまりに単純明快な理由。《連邦政府》は恐れたのだ。吸血鬼という種族のあまりの強さを。

「だから二百年前からお前は政府に命じられて同族殺しの仕事を？」

「なにか勘違いをしているようだが、オレが生まれたのはほんの三十年前だぞ」

「……本当は意外と見た目通りの年齢なのか。てっきり吸血鬼は不老不死の生物かと思ってたんだが」

それこそスカーレットは以前、切り落とされた自身の腕をすぐに身体《からだ》にくっつけ、細胞を再生させていたこともあった。ゆえに彼らは不死性を兼ね備えているものとばかり思っていたが……。

「肉体の再生能力と不死性はまた別種のものだ。寿命を超越した生物などこの世にはいない。吸血鬼も同様、有限の命に振り回される存在に過ぎぬ」

不死の王など存在しない――スカーレットは自嘲するように唇の端を歪《ゆが》めた。

「けど、ちょっと待って。あなたが三十年前に生まれたということは、《発明家》はまだ吸血鬼という種族を作り続けているの？　それだと《連邦政府》の行動指針と矛盾してる気がするけど……」

「いいや、《発明家》が吸血鬼を作ったのは二百年前が最後だ」

夏凪《なつなぎ》の疑問にスカーレットがそう答える。しかし、スカーレットが《発明家》によって作られた存在ではないとすると、その出自は一体……？

「確かに《発明家》の技術提供は今なお受けているが、この身体そのものは科学によって生じたわけではない。まさか吸血鬼が生殖行動をしないとでも思っていたか？」

ふいに発せられたその言葉が突き刺さった。俺は無意識に彼らがまったく別の種族であると、人間ではないと、そう思っていた。そう思っていたのだと、思わされた。

吸血鬼にも——スカーレットにも、肉親はいた。

「確かに吸血鬼は元々《発明家》によって作られた人工種だった。が、その後、彼らは生物としての種の生存本能に従い、自主的に繁殖を繰り返した」

生存本能。その言葉に思わず過去の出来事が頭をよぎる。

「だがそうして独自に種の繁栄を始めた彼らを《連邦政府》は恐れ、少しずつ吸血鬼の削減を目指し始めた。百年以上にわたり様々な《調律者》がその使命を担ってきたが、十数年前からはオレが任を受けている」

「なぜ?」

夏凪が一歩前に出ながら訊《き》く。

「どんな事情があって、どんな理屈を信じて、あなたは仲間を殺すの?」

——仲間。

夏凪がその言葉を発した時、スカーレットの目つきが少しだけ変わった気がした。

「なぜだと思う」

そして吸血鬼はまたしても問い返す。

金色の瞳を見開き、血を啜《すす》ってきたその口で一石を投じる。

「なぜオレは政府におもねり、数少ない同族を裏切り、この手を汚して彼らを殺し続けているると思う？　名探偵、この謎が分かるか？」


広い会議場に響く鬼の声。数十秒にわたる静寂があった。

だがその空白の時間はつまり、俺たちの敗北を意味していた。

まだ探偵とその助手は知らないのだ。吸血鬼が本当はなにと戦い、なにを願い、なにを求めて生きてきたのかを。

「案ずるな、人間」

スカーレットはふっと表情を緩めて立ち上がった。

「恐らく遠くはないが、まだ今宵《こよい》でもない。オレの真の出番はな」

そしていつかも聞いたような台詞《せりふ》を吐いて、どこかへ去ろうとする。

「……っ、待って！　あの《不死者》の軍団を止めて。あなたならできるんでしょ？」

夏凪《なつなぎ》がスカーレットに追いすがる。元々それが目的で俺たちはここへやって来た。今ここでスカーレットを帰すわけにはいかない。

「だから案ずるなと言ったろう。オレがそれをやるまでもなく、もうあやつらは」

その時、会議場にプロジェクターの映像が投影された。

ドローンの空撮と思われる映像。そこにはさっきまで俺と夏凪がいた場所が。つまりは《不死者》の軍団が映っていた。そして、そんな彼らが襲われていた。

一体なにに？

「暴食の魔人」

夏凪が震える声で呟《つぶや》いた。

だがそいつは一週間前に見た時とはまるで違う姿だった。

推定、七メートルを超える巨体。全身を覆う甲皮は鎧《よろい》のよう。六つに分かれた大きな羽は風を起こし、飛び出した赤い目は獲物を探して三百六十度動き回る。

時に二足、時に四足で駆け、手当たり次第に《不死者》を捕まえ、そのまま強靭《きょうじん》な顎で噛《か》み砕《くだ》き呑《の》み込んでいく。その怪物の姿はまさに——蝿《はえ》の王。

一瞬、かつての敵であるベテルギウスを思い出した。だがあれとは到底比較できない恐怖を感じた。なぜか？　——少なくともベテルギウスは、あんな風に笑いながらヒトを喰《く》うことはなかったからだ。

「君塚《きみづか》、あれ！」

夏凪が映像の隅を指差す。

そこにいたのは大鎌を持って《暴食》に特攻していく大神《おおかみ》だった。あれから嫉妬の魔人は倒したのか。だがそこにまた暴食の魔人が現れたのだ。大神にとって最大の宿敵が。

しかし、だとすると。

「リルも必ずあそこに来る」

大神《おおかみ》と同じように……それ以上に、仇敵《きゅうてき》をその手で討つために。

魔法少女は必ずあの場に現れる。

「行こう、君塚《きみづか》」

夏凪《なつなぎ》が俺に向けて右手を差し出した。

もうその手も声も震えていない。

「仲間を迎えに、出掛けよう」

俺は迷わず、その手を取った。

この選択を俺は百年後も後悔しないだろう。

◇とある魔法少女の物語

「リル」

誰かが名前を呼んだ。

私を愛称で呼ぶ人は限られているはず。一体誰？

「ねえ、リルってば。それともリリアって呼ばないと起きない？　おーい」

さらに身体《からだ》を揺らされる。もう、なんだというのか。せっかく眠っていたのに。

——眠っていた？

いつの間に。ゆっくり目を開けると、暗かった視界に光が差す。

誰かが目の前で小さく手を振っていた。

「やっと起きた～。もう、ひどいよ。ずっと話してたのに急に寝ちゃうんだもん」

「フレイヤ？」

くすんだ赤毛に頬のそばかす。

制服姿の彼女が左隣に座っていた。

「ここは？」

さっきから身体がまだ揺れている。どういうわけかと思ったら、私たちはバスに乗っているらしい。視線を落とすと自分も制服を着ていることに気付く。

「どうしたの？　リル」

フレイヤはきょとんと首をかしげる。

「……なんであなたが？」

「なんでって、寝ぼけてる？」

かもしれない。こめかみを揉《も》むけど、よく思い出せない。

「遠征の帰りだよ。忘れたの？」

言われてみればそうだったかもしれない。

そうだ、今日は地方の競技会に出ていたんだった。

「あ、そっか。リ……私が優勝したんだっけ」

「今日勝ったのはアタシ！」

フレイヤが猛烈にツッコんでくる。そうだったっけ。

「それはそうと、なんであなたが乗ってるの？　これ、うちの学校のバスでしょ」

「いいじゃない、他校と言っても近いんだし」

意味の分からない理屈だ。けど昔からフレイヤはこういう突飛な子だった。

「それにアタシがいた方が楽しいでしょ？　リル、いつも一人で退屈そうにしてるし」

「別に、私にだって喋《しゃべ》る友達ぐらいいるから」

「えー、リルが誰かと談笑してるの見たことないけど」

「……相変わらず結構ずばずば来るわね」

まあ、私も思ったことはハッキリ言うタイプだけれど。

でもそういうところは似てるのに、なぜこの子には友人が多くて私には……いや別になんでもない。気にしてもいないし。

「で、なんの話をしてたんだっけ？」

どうやら私は疲れて寝落ちしていたらしい。するとフレイヤは「覚えてないの？」と頬を膨らませながら、持っていたタブレットを差し出してくる。

「これだってば、これ！」

横向きの画面に映っているのは日本のアニメーション。それもフレイヤが特に好きな魔法少女のアニメだった。

「いや～、この十三話でさ、まさか黒幕がこの子だとは思わないじゃん！　でも二話の時点でもうヒントは出てたんだよね！」

興奮気味に語るフレイヤ。何度も該当箇所を巻き戻しする。

「しかも序盤で死んだって思わされてたからびっくりだよ。そう思わない？」

「別に思わないけど」

「なんで！」

「もうその話聞くの七回目だから」

あれそうだっけと惚《とぼ》けるフレイヤ。

でも正直それだけ夢中になれるものがあるのは羨ましい気もした。

「リルはないの？　好きなもの」

フレイヤが私の顔をまじまじと見つめてくる。

「私の、好きなもの？」

なんだろう、そんなものあっただろうか。昔から自分はこういう性格だった。なにに対しても冷めていて、飽きっぽくて、みんなが喜怒哀楽を示すものに興味がなかった。

両親もそんな私に過干渉はしなくて、早くに全寮制の学校に進学した。陸上を始めたのも、それが個人種目だったから。周りは関係なく自分のことだけに集中できる。だから陸上が特別好きかというと、そういうわけではない。得意と好きは違うのだ。

陸上競技の中でも棒高跳びを選んだのは、昔から恐怖心という感情がなかった自分に向いていたからというだけ。だから本当に好きなことなんて、私には……。

「ああ、でも、今日は楽しかったな」

忘れていたその景色をふと思い出す。

「いつもと同じ。あなたと私、二人だけが残って、お互いに少しずつ記録を伸ばしていって、少しずつ空に近づいていく。それは……それだけは、楽しかった」

地面を蹴って、腕とお腹《なか》に力を込めて、そしてふわり宙に浮く。

五センチ、十センチと。その小さな一歩ずつの背伸びがわくわくした。あの青くて高い空に近づいていくようで嬉《うれ》しかった。私は跳ぶのが、好きだった。

……………。なにも言葉が返ってこなくて「ん？」と思いフレイヤを見ると、驚いたように私を見ていた。

「まさか、リルがそんなこと言うなんて」

「あ、いや、今のは」

髪の毛をいじる自分の姿が車窓に映る。

仕方なくまた反対を向くと、フレイヤはニコッと笑っていた。

「アタシも！　アタシもリルと跳ぶのが一番楽しい！」

心臓が少しだけ跳ねた。

こういう気持ちをなんと言うのだろう。

普通の人はこういう時、どんな言葉でこの感情を表すのだろう。

辞書には載っているだろうか。道徳や倫理の授業で習ったんだったろうか。今の私には分からない。分からない、けれど。

「それで、なんだっけ」

私は訊《き》く。タブレットにまだ流れっぱなしだったそのアニメ、今まさにヴィランに立ち向かっている魔法少女を指差して、フレイヤに尋ねる。

「この子の名前、なんて言うんだっけ」

本当は知っている。覚えている。

もう七回どころか何十回も聞いているから。

それでもこの子は喜ぶから。この話をする時、なにより楽しそうに笑うから。

「もう、そろそろ覚えてよね！」

フレイヤはやっぱり笑顔で、その正義の味方の名を口にする。

「魔法少女リローデッド！」

ああ、そうだったと思い出す。

だから私は。リリア・リンドグレーンは、目指したんだ。

画面の向こうの魔法少女の名を借りて、正義の味方になることを。


目が覚めた。

揺れている。かすかに揺れている。

「……っ、……ぁ」

声が出ない。力も入らない。

頭がぼーっとする。血を流し過ぎたんだ。

ああ、そうだ。さっき私はあいつに。暴食の魔人に、やられたんだ。

でも、あれからどうなったんだっけ。

「……、だ、……れ？」

ようやく掠《かす》れた声が出た。

揺れている、やっぱり揺れている。
バスではない、今私は誰かの背中に乗っていた。
誰かに背負われたまま一歩一歩どこかへ向かっていた。
「……き、み、……ひこ？」
袂《たもと》を分かつことになったはずのパートナーの名前が思わず漏れる。
でも、違った。彼の背中はもう少し広いはずだった。
じゃあ、一体誰が？
その時、霞《かす》む視界にとある建造物が映った。
ああ、そうか。そうなんだ。
「……行、こう、……一緒、に」
約束を果たしに、あの場所へ。

◆地獄に届ける言霊《ことだま》

国会議事堂を出た俺と夏凪《なつなぎ》が向かったのは《暴食》が暴れている現場から少し離れた路地だった。《黒服》が運転していた車から降り、目の前の惨状に言葉を失う。

「なんだよ、これ」

アスファルトには至る所におびただしい血痕。そして。

「リルの服だ」

切り刻まれた魔法少女のコスチュームの一部が血に浸っている。それだけではなく、橙色《だいだいいろ》の髪の毛や、人の小さな肉片。吐き気がこみ上げた。

ここへ真っ先に来た理由は、車中で確認したタブレットでリルの居場所を示す赤いポインタがこの付近で急に消滅していたからだ。その事実と眼前にあるこの状況を考えた時、導き出される推論は——

「待って、君塚《きみづか》」

俺の少し前にいた夏凪が、しゃがんだまま俺を手招きする。

「ここからずっと、血がぽつぽつ垂れた跡がある」

移動したんだよ、と夏凪は分析する。

まだリルは生きていて、どこかに向かっただけなのだと。

「……この惨状の後でか？　それにリルの居場所を示すポインタも……」

「ここで大きな戦闘があったことは間違いないと思う。だけど大きな怪我《けが》を負って、リルの身体《からだ》のチップが破損しただけかもしれない。簡単に最悪の想定をしちゃダメだよ」

夏凪は立ち上がりながら俺の顔を見つめる。さらに。

「しっかりしろ、君塚」

いまだ魂の抜けた俺を、あえて強い口調で叱責する。

「リルを助けること、それがあたしたちの目的のはず。なのに最初からその可能性を捨ててたんじゃ、なに一つ行動は起こせない。違う？」

……いや、違わない。お前の言う通りだ。

力なく首肯すると、夏凪《なつなぎ》は俺の身体《からだ》を小さく揺すった。

「あたしたちはそう簡単に直感を頼っちゃダメ。最初に思いついた仮説だけで判断をしちゃいけないんだ」

そう言いながら夏凪は上を向く。曇った夜空がそこにはある。

「シエスタはさ、きっと本能的に真実に辿《たど》り着く才能があった。でも、あたしや君塚《きみづか》はそうじゃない。さっき、スカーレットに提示された謎にも答えられなかったみたいに」

それは決して自嘲ではない。彼女の横顔を見れば分かることだった。

「だからあたしたちはいつも泥臭く、全部の可能性を考えよう。どんな選択肢も見落とさないようにして、その中から一番光ってる答えを見つける。あたしと君塚は、そういう探偵と助手になろう」

「……ああ。それが俺たちらしいな」

満面の笑みを浮かべる場面ではない。それでも同じ方向を向いた俺たちは頷《うなず》き合う。

であれば今、まだリルは生きているはずだと仮定して考える。どこに行けば彼女に会えるのか、と。

「さっきの映像では見えなかったけど、《暴食》のもとに行ってる可能性はあると思う」

「ああ。だけど仮にそうだとして、俺たちはどうするべきだろうな」

映像でも見た通り、暴食の魔人は以前よりも力を増して暴れ回っている。どうにか今は大神《おおかみ》が抑えているとして、俺や夏凪が加勢に向かっても戦力にはならない。蛮勇は戦場において足を引っ張るだけ。もしリルが現場にいたとしたら、俺の出る幕はないと一蹴されるだろう。――でも。

「あいつは一度も拒否をしなかった」

リルが俺のもとを去って一週間。何度も連絡して一度も返事はなかったけれど、でも、俺の送ったメッセージを読んだ形跡は「既読」の二文字でアプリに残っていた。

リルは見ている。恐らくしつこい使い魔だと思いながら、あの時手を取らなかったくせにといじけながら、それでも俺が送り続けている言葉は見ている。

「行こう」

俺は前を向く。主人がペットの帰りを待っていると期待して。

車で次の現場へ到着する。

さっきの場が惨状だったとすれば、この戦場は地獄だった。

巨躯《きょく》の怪物と化した《暴食》は、スカーレットが生み出した《不死者》をいまだ食い荒らそうと暴れ回っている。さらに状況が悪いのは近くにオフィスビルが立ち並んでいること。窓ガラスには逃げ遅れた一般市民の姿が見える。

だがそれでも、どうにか被害が拡大していない理由がある。それは《暴食》の攻撃を食い止める存在がいるからだ。大鎌を振るい、敵の突進を受け流すのは《執行人》の遺志を継ぐ復讐者《ふくしゅう》、大神《おおかみ》。そして。

「風靡《ふうび》さん……！」

紅《あか》い髪の《暗殺者》が、手持ちのリールのような工具からワイヤーと共に大きな針を射出。それを建物に突き刺し、伸びたワイヤーで《暴食》の巨体を器用に転ばせている。

この二人の存在が、魔人の暴走をギリギリのところで食い止めていた。

「君塚《きみづか》、リルは……」

夏凪《なつなぎ》に言われて辺りを見渡すが、魔法少女の姿は見えない。

ここには来ていないのか、それとも……。一瞬また嫌な予感がよぎり首を振る。最悪の事態を考えても、それを防ごうとしている俺たちにとってその仮定に意味はない。

「よお、一般市民。さっさと避難したらどうだ」

ズザザ、と後ろに下がりながら風靡さんが俺たちのもとに一瞬来る。

すでにスーツは大きく汚れ、肌には切り傷がついている。

「作戦はあるの？」

そんな風靡さんに、一般市民ではない夏凪が訊《き》く。

暴食の魔人を倒す算段はついているのか、と。

「ミサイル弾でもどでかいのを一発撃ち込めれば、とは思うが現状リスクしかないな」

それは確かに。軍隊を引っ張ってくるにせよ、一般人が避難できていないまま作戦を決行するわけにはいかない。

「せめて《暴食》を人のいない場所へ誘導できればとは思うんだがな」

そうは言っても都合よくあの怪物を閉じ込めておける場所など――

「――陸上競技場」

ふとその景色を思い出した。

一週間前、リルに連れ出されたあの競技場。あそこなら巨躯《きょく》の《暴食》を一時的に外部から遮断して収容できるはず。ここからもそう距離は離れていない。

「悪くはない考えだが、具体的にはどうする？」

……ああ、そうだ。次の問題は、どうやってあの怪物を数キロメートルもの距離、望んだ場所へ移動させるかだ。戦いの場を移そうと言って素直に聞いてくれる敵であるはずがない。

「あたしがやる」

夏凪《なつなぎ》が前に出た。

「あたしは今ここにいる誰よりも強いＤＮＡを持ってる、きっと《暴食》は食いつくはず」

「……そうか。シードの血」

かつて夏凪は《SPES《スペース》》の研究施設でシードの遺伝子を受け継ぐ治験を受けていた。であれば彼女は、《暴食》にとっては願ってもない貴重な餌なのかもしれない。

けれど、だからといって囮《おとり》になるような真似《まね》は——そう言おうとして、彼女の眼差《まなざ》しを見てそれは野暮《やぼ》だと悟る。すでに夏凪渚《なぎさ》の燃えるように赤い瞳は、遠くの蝿《はえ》の王に向いていた。


「こっちを見ろ。暴食の魔人」

空気を震わせる《言霊《ことだま》》が夏凪の口から発せられる。

次の瞬間、《暴食》の飛び出た眼球がこちらを見た。

「——■■ゥ■——ェ■ぁ——■■ィ!!」

長い舌を見せて蝿の王は笑う。

敵は今、夏凪渚という絶好の餌に気付いた。

「乗れ、探偵！」

風靡《ふうび》さんが近くの倒れていたバイクを起こし、メットを夏凪に投げる。

戦場はいつだって人の都合を待ってくれない。二人乗りのバイクは早速《暴食》を誘導するように競技場を目指し始めた。

「君塚君彦《きみづかきみひこ》。俺たちも追いかけるぞ」

すると取り残された俺の前に助け船が現れる。

バイクに跨《また》がった大神《おおかみ》が、後ろに乗るように俺を促した。

ボロボロのスーツ、傷を負った身体《からだ》。正義のヒーローとはかくあるべきという背中だった。それは俺には足りないものだと思いながらも大神の後ろに乗り、風靡さんらのバイクと《暴食》を追う。

「悪いな。あんたの復讐《ふくしゅう》に俺たちまで手を出して──」

俺は大神の背中に向かってそう口にする。

「構わない。俺は魔法少女とは違い、最終的に悪が滅びればそれでいい」

大神はあくまでも《暴食》が倒されることそれ自体を望んでいるらしい。であれば俺たちの目的と方針は一致している。

「しかし、なぜお前がこの件に関わろうとするのか。理由は尋ねておこう」

今度は大神が俺に問う。《暴食》を倒すことは《名探偵》の使命ではないにもかかわらず、どうして戦場に向かうのかと。

「たまたま仲間が関わっていたからか？」

責めている口調ではなかった。けれどハッと不意を突かれた。

「目に見える限りのものは救う。せめてその手が届く範囲の人だけは救う。確かに聞こえはいい。しかしこの世界に悪は限りなく溢《あふ》れているはずだ」

ああ、そうだ。いつだって地球の裏側では戦争は起きていて、今この瞬間も新たな犯罪や悪によって人は傷ついている。そのすべてを救うことはできない。

「《七大罪の魔人》が存在すること、それこそがこの世界が悪で満ちている証拠。以前にも言った通り、あれはヒトの悪意という感情の象徴だ」

夜風に吹かれながら大神《おおかみ》は、背中越しに語る。

「なにかを憎み、恨み、呪う、罪深き感情の病——心の癌《がん》。悲しきかな、ヒトは決して性悪からは逃れられない。人類がいる限り、世界からは戦争も貧困も破壊もなくならない。悪の連鎖は止まらない」

なのに手の届く範囲だけ、仲間だけを助ける——それは偽善だ。

大神が語るまでもなく自覚していた。

やらない善よりやる偽善などと、言葉遊びで解決した気になっていい問題ではない。少なくとも《調律者》の……正義の味方を名乗る者の隣に立ち続ける限りは。

「いつかその自己矛盾にぶつかった時、お前はどうする？」

大神のそれは抽象的な問いだった。

けれどなにを訊《き》かれているかはハッキリと分かった。

「少し昔だったら、すぐに答えをくれそうなやつがいたんだけどな」

だけどそいつは今、長い昼寝の最中だ。

「それでも今の俺には、一緒に考えてくれる相棒がいる。これからもそいつと悩んで、苦しんで、いつか答えを探す」

大神はしばらく沈黙した後「そうか」と呟《つぶや》き、

「であればいつか、その答えを聞ける日を楽しみに待とう」

まだ子供の俺を教え導くかのように背中越しに語った。


やがてバイクは目的地に辿《たど》り着く。

そこにはすでに先客がいた。

大きな楕円《だえん》形の陸上競技場、中央にいるのは怪物と化し雄叫《おたけ》びを上げる暴食の魔人。さらにその目の前には夏凪《なつなぎ》と風靡《ふうび》さんがいる。

あとは、あの化け物を吹き飛ばす軍用ヘリが到着するまで、わずかな時間持ちこたえるだけだ。そう安心した俺の目に、あるシルエットが映った。

東側二階の客席、そこに誰かが立っている。さらにその隣に一人の小さな身体《からだ》が横たわっていた。──すぐに気付いた。俺はそのコスチュームを何度となく見て、何度となくその隣で戦っていたからだ。

「──ォ■──ぁ■■■──ィ!!」

暴食の魔人が啼《な》き、最後の戦いが始まる。

俺はその戦場を走り、客席まで駆け上がる。そして。

「リローデッド！」

誇り高き主人の名を呼んだ。

◇誓いのエンドロール

呼んでいた。誰かが私を呼んでいた。

夢の中。暗い闇の底で聞こえ始めたその声は段々と大きくなっていく。

おかしいな。さっきも誰かに揺らされて、起こされて、名前を呼ばれていたのに。これじゃあ、まるでリルが人気者みたいだ。

それなら仕方ない、と眠っていた私はゆっくり目を覚ます。きっとこれも正義の味方の務めだから。

「なによ、さっきからずっと必死に鳴いて」

声は出た。手も伸ばせる。

私の頭を膝に乗せていた彼は、驚いたような顔をこちらに向けた。

「そんなに飼い主《ル リ》に会いたかった？」

伸ばした指先で頬に触れると、彼は……君彦《きみひこ》は、ほっとしたように表情を緩めた。

身体《からだ》が軽い。

痛みがないのはいつものことだけれど、見たところ傷痕もかなり塞がっている。私は仰《あお》向《む》けのまま「なにかした？」と君彦に尋ねる。

「……実は、スティーブンから預かっていた薬を飲ませた。どうしようもない緊急時にだけ飲ませるようにと」

ああ、そういうことか。どうりで身体の中まで熱いわけだ。もちろん、いい意味で。

それから君彦の助けを借りてゆっくりと起き上がり、辺りを見渡す。

「三行で今の状況を教えてくれる？」

どうやらここはまだ戦場らしい。向こうで《暴食》が暴れているようだけれど、今や巨大な蠅《はえ》の怪物のような姿になっていた。

「《暴食》がスカーレットの作った《不死者》を喰《く》い漁《あさ》ってああなった。被害を最小限に食い止めるために夏凪《なつなぎ》が囮《おとり》となり、敵をここへおびき出したのが十分前。今は軍用ヘリの到着を待っていて、それまで大神《おおかみ》と風靡《ふうび》さんが粘っている。が、戦況はギリギリだ」

見たところ大神《おおかみ》が先陣を切り、暗殺者は名探偵を庇《かば》いつつ後陣で戦いをカバーしているようだった。

「説明ありがとう。それで、待望の軍用ヘリとやらの到着はいつになるの？」

「……それが、どういうわけか軍の統括システムに異常が生じてるらしくてな」

「つまり到着は未定と。嫌な偶然ね」

今はそう言うしかない。仮にその嫌な偶然に何者かの作為があったとしても、今それを嘆いている暇はない。私の人生、その程度の不運や不幸には慣れている。

そうして立ち上がろうとした私の腕を君塚《きみづか》が掴《つか》んだ。なにが言いたいのか、口よりも目が雄弁に語っていた。

「あなただって分かってたはずでしょ」

スティーブンが薬をあなたに託して、私はそれを飲んだ。そうやって目覚めて、今もう一度立ち上がる力を手に入れた。だったらここから先、私がなにをすべきかは必然だった。

「お願い、最後に正義の味方としての仕事を果たさせて」

嗚きそうな、じゃない。

泣きそうな君彦《きみひこ》に私はふっと笑いかける。

「それにね、最初からリルたちがここでやることは決まってるの」

私はそう言って後ろを振り返る。

「ね、そうでしょ、フレイヤ？」

彼女はいつもと変わらない表情でそこに立っていた。

私を背負ってここへ連れてきたせいで、彼女の服は血で汚れている。

……まあ、私も人のことは言えないか。お互い酷《ひど》い有様ね。

「なにを、するつもりなんだ」

私たちを見つめる君彦に、そっと寄って背伸びをする。

「耳を貸して」

そして最後の作戦を彼に伝えた。

「……それで本当にいいんだな？」

少しだけ躊躇《ためら》う素振りを見せる君彦に、私は小さく二度頷《うなず》く。

「分かった。すぐに戻る」

君彦は頷いて背を向ける。けれどそのまま一歩を踏み出す前に、もう一度振り向いた。

彼の伸ばした右手が私の頭に、ぽんと乗せられる。

「頑張っている女の子にはこうするべきだと習ったのを思い出した」

そう言って君彦は私の頭を不慣れな手つきで撫《な》でた。

「……ペットのくせに生意気」

「……そりゃ悪かったな」

だけど私は笑って、君彦《きみひこ》も笑って、今度こそ彼は踵《きびす》を返し、階段を駆け降りて競技場を去っていく。こうして誰かに認められたのはいつ以来だろうか。

「バカね」

君彦も、私も。

彼に撫《な》でられた辺りが熱を帯びる。そしてもう一箇所、身体《からだ》のどこかに、じんわり暖かい火種ができた。きっとそこは目には見えない、これまで病に冒され続けた心だった。

「フレイヤ、準備ができるまで待っててね」

一瞬だけ振り返ってそう声を掛ける。

ここから先は最終回、魔法少女が一番輝く時間だった。

そうして私が戦場に降りると、ちょうど近くにいた夏凪渚《なつなぎなぎさ》が反応した。結局、彼女にも散々な迷惑を掛けてしまった。

「悪かったわね、色々と」

「ううん、名探偵って代々こうだから」

それはなんともお節介な職業だ。軽く顔を見合わせて、互いにくすっと笑った。そういえばこの子の笑った顔を見たのも初めてだ。

「彼ならもうすぐあなたのとこに帰ってくるから」

「どうせまたすぐ他の女のとこ行きそうだけど……」

ふてくされる姿はなんだか少しいじらしい。この横顔がある限り、本当の意味で彼がこの子を手放す日はなさそうだ。私もいつか誰かとそういう人間関係を結べるだろうか、なんて。それを考えるのは後日談で十分だ。

「それじゃあ、あなたは下がってて」

ここからは私の、魔法少女の仕事。

名探偵にはこの先また大きな使命が待っているはずだから。

「リル！」

初めて彼女が名を呼んだ。

「《暴食》はあなたからなにも奪えていない！　なにも破壊できていない！　だから、あなたは負けない！　魔法少女は、悪意の怪物になんて絶対負けない！」

激情の乗った言葉を背に受けて、私は戦場を歩いていく。

「あたしはあなたの背中を覚えてる！　これからもずっと！」

さっき心に宿った小さな火種、それが大きく燃え盛る。

アニメに出てくる魔法少女も、誰かの声でこんな風に力をもらっていたのだろうか。

あー、なんでだろう。どんな薬よりも効き目がある気がする。

安易かな。許してよね。最終回って大体こんなもんでしょ？

「ェ■――■ゥ■ぁ――ェ■■!!」

暴食の魔人がお腹《なか》を空《す》かせて啼《な》き喚《わめ》く。

その咆吼《ほうこう》による振動だけで、びりびりと身体《からだ》が麻痺《まひ》するようだった。やがて敵は大きく開けた口で大神《おおかみ》と風靡《ふうび》に襲いかかり、二人は武器で防ぎつつもそれぞれ後方に弾《はじ》き飛《と》ばされた。

そのうちの一人、風靡が私のもとへ吹き飛んでくる。だけど紅髪の暗殺者は不格好に転びはしない。様になる魔法少女の姿勢で靴を滑らせ、低い姿勢で踏みとどまった。

「どう？　やっぱり魔法少女の敵には勝てなそう？」

「なんだ、ようやく素直になったと思ったらまた減らず口か」

風靡は不満げに私を睨《にら》み上げる。

仕方ないからお返しにニヤッと笑ってあげた。

「そう言うお前は勝てる見込みがあるのか？」

「リル一人じゃ無理ね」

「ほお、敗北宣言か？」

まさか。ただ、気付いたんだ。

「リルのやりたかったことは、一人じゃ叶《かな》わない」

でもその準備はもう整いつつある。

気付かなかっただけで、あったんだ。

最初からそれは私の近くに、ずっと、ずっとあったものなんだ。

「ねえ、風靡。戦いの専門家として聞かせて。あいつの弱点はどこ？」

「心臓や頭部……はダメだ。ありゃそれこそミサイルでも撃ち込まないと砕《くだ》けない甲皮に覆われている」

やはり、か。一度は私がドーピングで無理矢理《むりやり》壊した箇所も、今や脱皮してさらに頑丈になっているように見える。それに昔は剥《む》き出《だ》しだったはずの顎付近も硬い装甲に覆われているらしかった。

「だがいくら敵が怪物になっても、生物であることには変わりない。関節や筋肉の可動域を確保するために、あいつの甲皮の重なりにはわずかな隙間がある。たとえば……」

「首？」

風靡は頷《うなず》いた。

鎧《よろい》のような甲皮で覆われた顎の下。ここから見上げる限りでは隙間は見えない。でも、恐らくは。

「ありがとう、風靡」

私が言うと、素直な礼が意外だったのか風靡は訝《いぶか》しげな顔をする。

「明日の天気はハリケーンか？」

「いえ、雲一つない快晴よ」

だってこの前、大きなてるてる坊主に祈ったもの。

「風靡《ふうび》、もう一つお願い。大神《おおかみ》と連携して敵の視線を散らして。渚《なぎさ》にも攻撃が及ばないように」

私がそう言った時には、もう暗殺者はいなかった。すでに自分が果たすべき本分を理解し、風のように戦場に繰り出す。

「■ュ■■——■ぇ■■■ョ——■■ぉ■ャ■■■！！！」

魔人が迷うように首を動かしながら咆哮《ほうこう》する。

風靡は大神と共に左右に分かれ、《暴食》のわずかな逡巡《しゅんじゅん》を生み出した。

「仕事が出来すぎるのも考えものね」

すでにチャンスは一瞬だ。この一瞬こそが勝負の分かれ目。今から悠長に作戦を考えている時間などありはしない。すべての準備を整えておかなければならない局面だった。

「でも、大丈夫」

それなら大丈夫。最後の最後まで遅れてしまったのは、私だけだから。

あの子は最初からこうするつもりで、私と一緒にいてくれたんだから。

「よければ覚えていてね、リルたちがここにいたことを」

刹那、風が走った。私のすぐ横を一陣の風が。

ああ、そうだ。ずっとこれが見たかった。

私の願いは暴食の魔人を殺すことなんかじゃなかった。

もっと原初の願いが私にはあった。

二年前からずっと。約束の場所に共に立てなかったあの日からずっと。

誰より早く走り、誰より美しく跳ぶ。そんなあの子の背中を、私は見たかったんだ。


「飛んで！　フレイヤ！」


五メートルのポールが地面に突き刺さり、彼女の身体《からだ》は高く、高く、舞い上がる。

競技場の外で君彦《きみひこ》が《黒服》から受け取り、フレイヤに手渡されたポールだった。

昔とは違う、青空ではない。

それでも夜空に。雲が晴れた星空に向かって、誰より高くフレイヤは空を舞う。

「それがあなたの中に消えずに残った本能《ねがい》だから」

永遠に思える空中浮遊。その跳躍に誰もが目を奪われる。

君彦や渚だけじゃない。魔人も。自分の巨体を飛び越える彼女の舞を警戒するように《暴食》は首を伸ばして見上げた。巨大な顎の甲皮、その下にあるわずかな隙間を晒《さら》して。

「ごめん、遅くなって」

二年前の続きを今からしよう。

まるでバトンを託してくれたように、ゆっくりとこちらへポールが倒れてくる。

私はそれを掴《つか》んで、少しだけ走る。

さっきみたいに助走は取れないから、魔法の靴の力でちょっとだけずるをする。

え、そんなのルール違反だって？　細かいな、フレイヤは。

「その代わり、とびきり綺麗《きれい》に跳んでみせるから」

ポールを地面に垂直についた時には、すでに身体《からだ》は浮かんでいる。

どこにどう力を入れるかなんてもう意識もしない。

ただ身体は自然と回転して、視界には逆さまの夜空が映る。

ねえ、フレイヤ。これがリルの跳ぶ最後の景色なんだって。

「綺麗だね」

なんだ、夜に跳ぶのも悪くないんだ。

最後に見えないシャッターを切って、身体は再び反転する。

視界から夜空が消え、代わりに暴食の魔人が姿を現した。

その首にはたった一点、甲皮で覆われていない隙間がある。

「リローデッド！」

君彦《きみひこ》の声がする。

「受け取れ！」

彼が空中に向かって鋭く投じたそれを——《黒服》を介して《発明家》によってもたらされた最後の武器を掴み、私は構える。身長を超える槍《やり》のような魔法のステッキ。水色の光が迸り、そして。

「あああああああああああああああああああああ！」

絶叫と共に私の中でなにかが弾《はじ》けて飛び散った。それはこの心を蝕《むしば》み続けた癌細胞《がんさいぼう》。

けれどその病は今、激情の炎が燃やし尽くした。

七大罪の魔人がどんな悪意の具現化であろうと、この本能《こころ》を穢《けが》すことはできない。

人の願いは必ず悪意の渦を跳び越えていく。

「フレイヤあああああ！」

そうして今あの日の約束を果たし終えた私は、すべての力を込めるようにステッキの先端を《暴食》の太い首に突き刺した。そこから溢《あふ》れ出した水色の光が競技場を包み込む。

間もなく聞こえた魔人の断末魔は、自身の終わりを嘆く弔砲か、あるいはもう私が二度と聞くことのない乾いた号砲《スターターピストル》の音か。

これが魔法少女リローデッドの物語の最終回だった。

【エピローグ】

あれから十日後。

俺は相変わらずと言うべきか、シエスタの眠っている病院に朝からいた。

シエスタの体調や心臓に変化はない。それを安堵《あんど》すべきか、停滞している現状を嘆くべきかは分からないが、ただ今日も気持ちよさそうに寝ている彼女の顔を見て、つい笑みを漏らしてしまったのもいつも通りのことだった。

……まあ、ノーチェスにはその姿を見られて若干引かれたが。そして俺に対して手厳しいのはノーチェスだけではなく。

「ねえ、君塚《きみづか》。ここ、全部間違ってるんだけど」

赤ペンを持った夏凪《なつなぎ》が絶望の表情で問題集と俺を見比べる。

「小説の記号問題で全滅って……え、やっぱり君塚って人の心がないの……?」

「俺はエスパーじゃないんだ。見ず知らずの登場人物の心情なんて分からない」

病院の小さな待合室。俺はシャープペンシルを投げ出す。

「はあ、これはまた擦り合わせの訓練が必要かなあ」

夏凪が呆《あき》れた様子でペンをくるくる回す。

彼女の言う擦り合わせとは去年のクリスマスのあれだろう。人の感情を読むのが下手な俺にはコミュニケーションの練習が必要だと言いたいらしい。

「けど今の夏凪の心情なら俺には分かるぞ」

「へえ、じゃあ当ててみてよ」

「今日のネイルを褒めてほしい」

夏凪の回していたペンがぴたりと止まり、彼女はそろそろと手を引っ込める。

「……なんで問いになってない問題だけ正解するかな」

そりゃ今日初めて読んだ小説の登場人物と夏凪とじゃ、付き合いの長さが違うからな。

「というかなんで病院でまで勉強をしなきゃならないんだ」

「いや、他人事《ひとごと》みたいに……。受験まで日がないんだよ？」

夏凪は「分かってる？」とジト目を向けてくる。

大学受験本番まではもうあと二週間ほど。ここ最近は立て続けに起きた《世界の危機》に巻き込まれ、受験勉強に集中できないこともあったが……しかしようやく十日前、《暴食》を含めて四人の魔人は滅び、一旦それらの脅威は去ったのだった。

「でもまさか君塚があたしと同じ大学受けるなんてね」

夏凪がくすっと微笑《ほほえ》む。

いくつかの学部を受けるものの、そこには夏凪と同じ文学部も含まれていた。

「俺と一緒は嫌だったか？」

「……行間読んで」

分かっていて訊《き》いたところはある。

「まあ、もし落ちたら《調律者》の資格を使って救ってくれ」

「うわあ、堂々と不正宣言……」

「ジョークだ、ジョーク」

夏凪《なつなぎ》だってその気になればそういうこともできただろうが、まあ彼女がそんなズルをするはずもない。先代の名探偵もそうだ。シエスタは《調律者》としての資格を、たとえば安易な金稼ぎに使うことはなかった。飯代も宿代もあの頃俺たちは全部自分らで稼いでいた。もしかしたらシエスタはその生活が楽しかったのだろうか。

「そろそろじゃない？」

ふと夏凪が腕時計を見た。今日、俺はここで、シエスタだけではなくある人物に会う予定だった。そして夏凪はテキストを片付け始める。

「夏凪も会っていかないのか？」

「あたしはいない方がいいんじゃない？」

そんなことはないと思うが。しかしそういう機微に関しては圧倒的に夏凪の方が信用できるので、任せておくことにする。

「じゃあ、またあとでね」

夏凪はそう言って手を振り去って行った。

待ち人がやってきたのはそれから間もなくのことだった。

「あ、いた」

短い言葉で俺を振り向かせ、彼女はこちらへ近づいてくる。

「ん、結構難しいのね、これ」

ただその途中、小さな段差に少し手間取った。

「病院なのに段差があるのおかしくない？　スティーブンにクレーム言ってやるわ」

「尖《とが》り具合は変わってなくて安心した」

俺がそう言うと車椅子に乗ったリローデッドは微笑を浮かべた。

「久しぶり、ね」

「ああ、十日ぶりか」

なんだか、もっと長い間会っていなかったような気もする。俺たちはそのまま見つめ合い、けれど言葉が出てこなくて互いに視線を逸《そ》らした。

「……あー、なんか喉渇いた。でも日本はいいわね、自動販売機がどこにでもあって」

リルは車椅子を動かし、すぐそこの飲み物を買いに行く。

「あなたもなにか飲む？　ミルクでいい？」

「奢《おご》ってくれるのはありがたいが俺を犬扱《ペット》いするな」

コーラを頼むと言って、了解と返事がある。だがしばらく待ってもリルが戻ってこないことに気付き、振り返った。

車椅子に乗った彼女は、自動販売機の前でじっと固まっていた。

「やっぱり、俺からもスティーブンにクレームを入れておこう」

俺は自動販売機の一番上のボタンを押し、出てきたコーラを彼女に渡す。

「……リル、炭酸飲めない」

「……ミルクでいいか？」

それから俺たちはちびりちびりと喉を潤しながら、十日前の出来事を話し始めた。

あの夜、俺が競技場に辿《たど》り着いた時にはすでにリルは致命傷を負っていたということ。普通の人間では生きていられなかった傷だったが、俺が渡したスティーブンの薬により一時的に傷ついた器官が修復されたということ。

「だからリルは最後に跳べた。フレイヤと一緒にね」

「ああ、それがあの子の本能《ねがい》でもあったんだよな」

「……ええ、それがリルたちの約束だったから」

しかしそれが叶《かな》った後、《不死者》であったフレイヤは事切れたように本当の眠りに就いた。そしてリルもまた戦いの直後、薬の効果が切れて動けなくなった。それから病院に搬送され主治医であるスティーブンの手術を受け、今にいたる。

「だから、色んなことに感謝しなきゃね」

リルは自分に言い聞かせるように呟《つぶや》く。

事実、彼女はこうして喋《しゃべ》れるまでに回復した。

けれど願いの代償は大きかった。


「二度と、歩けないみたい」


リルは笑いながら、いや、笑おうとしながら言った。

「自分でもちょっとバカなこと言ったとは思ってるんだけどさ、その診断を聞いたあとにスティーブンに質問したの。じゃあ、棒高跳びももうできないのって」

おかしいでしょとリルは自嘲する。

「歩けないんだから、走ることも跳ぶことも、できるわけないのに」

十日前に見た彼女の跳躍を思い出す。夜空に舞ったあの美しい跳躍を、俺はもう二度と見ることができない。

「でも、正直ラッキーだったなとも思ってる。普通にリル、死んだと思ってたから。その覚悟はしてたし。歩けなくはなったけど、でも命があるだけ幸運でしょ、みたいな」

リルは少しだけ笑って、でも俺の顔を見てふっと顔を逸《そ》らした。俺はどんな酷《ひど》い表情を浮かべてしまっていたのだろうか。

「なんとか、ならないのか？」

俺は声を絞り出す。

「スティーブン・ブルーフィールドはいつだって常識を覆す医者だ、発明家だ。あいつは何度も俺の大事な相棒を死地から救った。時にはアンドロイドだって作ってみせた」

そうだ、だからあいつに治せないものなんて……。

「代わりの提案はされたわ。本物と見分けのつかない、機能もなにひとつ変わらない義足なら作れるって」

「……義足って、それじゃあ」

リルの今の足を切って付け替えると？　そんなのは……。

「でもそれは本物と変わらないだけで、本物じゃない」

それはリルの足じゃない、と彼女は言い切った。

「リルは全部覚えてる。この足で走ったこと、跳んだこと、フレイヤと競ったこと。それがリルの誇り、命よりも大事なもの。この足を失う選択肢はリルにはない」

……ああ、そうか。たとえ義足で歩けるようになったとしても、それはリローデッド自身ではなくなってしまうと、彼女はそう考えている。

ノーチェスがいくらシエスタと変わらない見た目をしていて、仮にすべての記憶や人格まで移行させたとしても、ノーチェスがシエスタになることはない。ノーチェスはノーチェスで、シエスタはシエスタだ。誰もが誰もの代わりになることはできない。

「だからこれでいい、このままがいい」

リルはそっと自分の両足をさする。

「私は、この足で生きていく」

俺は彼女の決断になにも言えない。いや、なにも言う必要はなかった。

「そうだ、もう一つ言っておくことがあったんだった」

するとリルは、立ったままだった俺を見上げる。


「あなたはやっぱりクビよ」


出会った当初と同じ、誰も信じていないような目で。

誰にでも喧嘩《けんか》を売っていた頃のような顔つきで俺に言う。

「去年の暮れからしばらくパートナーとして過ごしたけれど、何度も反抗してきて、何度も言うことを聞かなくて、何度もリルを怒らせたもの」

だから契約違反でクビ、とリルはツンとした表情で顔を背ける。

「ご主人様の言うことを聞けない使い魔《ペット》なんていらないから。こうして喋《しゃべ》るのも……そうね、今日限り。今会ってるのだって、これを言いたかっただけだから」

俺の返事は待たない。言うと決めたことを早口でまくしたて、いつの間にか俺に視線も合わせなくなった。

ただひたすら俺への不満を吐き、もう二度と会うことはないだろうと繰り返し、繰り返し、口にする。俺はそれを待って、待って、ひたすら待ち続けて、やがて最後にリルはこう言った。

「なにか、反論はある？」

小さな声でそう尋ねてくるリルの心情は、俺にはよく分からない。ちゃんと出会ってからはまだ一ヶ月と少し。彼女の本音を完全に理解するにはまだ時間が足りない。小説の記号問題のように適当に選んでいいわけでもない。——だから。

「え？」

困惑するリルの前で俺は膝を折った。

「反論はない。ただ」

彼女の真意が分からない俺にできることは、せめて自分の心情を素直に伝えることだけだった。

「魔法少女の背中は偉大だった。お前が跳んだ姿は世界で一番美しかった。そんなリローデッドと一緒に仕事ができたことを、俺は誇りに思う」

彼女の手を取り、唇こそつけはしないが、それでも俺は本音を語った。

「なによ、それ」

リルは笑う。でもそれが泣き顔に変わるのに時間は掛からなかった。

「……ぜんぶ、やりきっ、ちゃった」

宝石のような瞳から、ぽろぽろと大粒の涙がこぼれ落ちる。

「……もう、走れない、もう跳べ、ない……！　フレイヤもいない……敵も、いない。もう、なにも残って、ない……ぜん、ぶ、なく、なっちゃった……！」

一度決壊したが最後、彼女の涙は止まらない。

あんなに強かったはずのリローデッドは、自身の感情のままに泣く。

だがそれは自然なことだ。すべての戦いを終えた魔法少女は、もうただの一人の女の子なのだから。

そんな今の彼女に俺が言えることはなんだろうか。果たして言っていいことなどあるのだろうか。少しの逡巡《しゅんじゅん》の後、それでも俺はリルの涙を拭った。

「リル。もしこれから先やることがないって言うんだったら、俺を助けてくれないか？」

嗚咽《おえつ》が一瞬だけ止まった。

「実は俺には課題が山積みでな。世界には敵がまだまだいて、俺や夏凪《なつなぎ》はこれから吸血鬼や怪盗とも戦わなくちゃならなくて……他にも叶《かな》えなきゃならない願いがあるんだ」

だけど俺の両手はもういっぱいで。夏凪《なつなぎ》の手も埋まってしまって。だけど今、一つの使命を果たし終えたリルの片手はまだ空いている。だから。

「俺はお前をまだリリアとは呼ばない。これからもリローデッドと呼び続ける。だから、俺たちと一緒に働いてくれないか？　正義の味方として」

リルがハッと目を見開き、直後、唇を噛《か》んで下を向く。

俺はリルの言葉を待つ。顔を上げるのを待ち続ける。何秒、何分待ったかなんて数えずに、ただ彼女の決断を見守り続け、そして――

「仕方ないわね」

沈黙は破られ、リルは涙を拭う。

「もうしばらくあなたのパートナー、続けてあげる」

「……ああ、助かる」

あの時取れなかったリローデッドの手を、せめて今はと握りしめた。

そうして再び沈黙が流れる。でも今度はどこか心地の良い静寂だった。

「まあ、あなたの元カノにはちょっと悪いけどね？」

やがて笑顔を取り戻したリルがおどけたように言う。

「また聞かれたら面倒くさそうなことを」

そう俺が苦笑していると、ぱたぱたと誰かの足音が近づいて来た。

やれ、フラグを立ててしまっていたか。今のやり取りをしっかり聞いていたらしい夏凪《なつなぎ》が待合室に入ってくる。

「は、は～～～？」

「あーあ、盗み聞きとは趣味が悪いのね」

「っ、そろそろあたしもいいかなと思って来ただけだから！」

リルに見咎《みとが》められ、夏凪はバツが悪そうに視線を逸《そ》らす。

「てかあたしたち別れてないからね！」

「別に俺たち付き合ってもないだろ」

「し、知ってるけど!?」

そんな俺と夏凪を見てリルは「やっぱりバカね、あなたたち」と笑う。

けれどその笑顔はきっと今この瞬間だけのものではない。彼女がこれまで体験して、今まで見た景色をひっくるめて笑う。

無論それはこれまでのすべてを受け入れたわけでも、これからのすべてを決めたわけでもないだろう。それでも彼女は今を笑って、誇って生きていく。

これは彼女の物語だった。

これからもまだ続く、長い長い、魔法少女の物語だった。

【未来から贈るエピローグ】

「それが今から二年前、俺がリローデッドのパートナーだった頃の語だ」

白銀《しろがね》探偵事務所にて。渚《なぎさ》、シエスタ、そしてノエルに向けて昔話を語り終えた俺は、湯飲みのお茶を飲んで一息をつく。途中休憩を挟みながらも喋《しゃべ》り続け、淹《い》れたお茶は三杯目だった。

当時のことを思い出す度に胸がわずかに痛んで、けれど懐かしくもなる。リルと過ごした約一ヶ月間のことは今でも大切な思い出だった。

「君彦《きみひこ》、この話する時いつもその顔するよね」

渚はほんの少し困ったような笑顔でこっちを見る。自分では分からないが俺は今、どんな顔をしているのだろうか。

「そういえば、悪かったな。シエスタ」

俺がそう軽く謝ると、シエスタは意図を掴《つか》み損ねたように小首をかしげる。

「ほら、昔一緒に参加した《連邦会議》でリルが俺をパートナーに勧誘した時、お前怒ってただろ」

確か、なんだったか。結果、終身雇用契約を結んでいるから、俺が他の人間のパートナーになるのはダメだとか。結果、その契約を破ってしまったわけだが。

「別に怒ってはないけど。というかその言い方だとまるで、昔の私が君に執着していたみたいじゃない」

「ああ、悪い。間違えた。昔だけじゃなくて今もか」

「そうそう、私はいまだに君のことを……。って、バカか、君は。私にノリツッコミをさせないで」

キャラと違うことをさせないで、とシエスタは大層不満げにする。

「あたしが思うにシエスタはいじられキャラでも意外といけるポテンシャルあるけどね」

「それも新鮮でいいな。シエスタ、俺も応援するからその辺り伸ばしていこう」

「ここは私の探偵事務所なのに……」

社員にいじめられ始めたシエスタを見て、ノエルがくすっと微笑《ほほえ》みながら茶菓子を差し出す謎の構図が出来上がった。

「……それで助手はどうだったの？　当時、魔法少女のパートナーとして過ごしてみて」

するとシエスタは切り替えるようにして俺にそう訊《き》いた。

「ああ、正直俺がリルに与えられたものは多くないし、逆にリルからも、なにもかもを学んだわけじゃない。やっぱりあいつのやり方に納得できないことは多かった」

俺とリルは最後まで問題解決の方針は違っていた。妥協点を見つけて分かり合うこともしなかった。一度試みた擦り合わせも、結局のところ上手《うま》くはいかなかったのだ。だからこそ俺と彼女が本当の意味でパートナーになることはなかったのだろう。……でも。

「それでも、願いのために戦い続けた魔法少女の背中を忘れることはない」

そのことだけは間違いない。

きっと俺と同じようにリルの背中を見ていた渚《なぎさ》も、当時を思い出すように頷《うなず》いた。

「リローデッド様も《聖還の儀》にはいらっしゃっていましたね」

ノエルが一ヶ月前のことを思い出すように言う。

「ああ、あいつは今回語った事件のあとも《調律者》として世界に関わり続け、俺たちのことも助けてくれた」

だからこそ俺は結局、彼女をリリアとは一度も呼ばなかった。本当であれば一ヶ月前のあの式典で彼女はリローデッドというコードネームから卒業できるはずだった……だが図らずもブルーノの謀反によってそれも先送りになったのだ。

「……わたしにとっては新鮮で、それ以上に身につまされるお話でした。《連邦政府》の人間は、わたしを含めてあまりに現場のことを知らな過ぎる」

ノエルは一瞬悔しげに俯《うつむ》き、けれどすぐに顔を上げる。

「わたしも証人になります。リローデッド様が魔法少女として生きた物語の証人に」

ああ。一人でも多くの人間が彼女の生き様を覚えていてくれることを俺も望む。

「でもあれは多分、君彦《きみひこ》の物語でもあったんだよね」

隣に座る渚《なぎさ》が、ちらりと俺の顔を見て言う。

「この前の《聖還の儀》の事件だってそうだった。君彦《きみひこ》はずっと、自分の選択した道を進んでる」

渚にそう言語化されたことで、ふと考える。今思えば、二年前のあの頃からだったのかもしれない。本当の意味で俺にとって、選択の連続が始まったのは。

「──さて。それじゃあ、そろそろ本題に入ろうか」

空気が少し変わる。シエスタが両手の指先を合わせながら口を開いた。

「助手にこの昔話を語って貰《もら》った理由は一つ。私たちの記憶、そして世界の記録のずれを検証するためだった」

そうだ、リローデッドを巡るこの物語には、実はもう一つ大きな軸が走っていた。それは俺自身も語りながら気付いていたし、シエスタたちも聞き逃していないはずだった。

「助手の話の中で、気になる言葉や台詞《せりふ》がいくつか出てきたね」

シエスタはそう言いながら俺たちの前に一枚の紙を差し出した。それは彼女が俺の話を聞きながら万年筆を走らせたメモだ。箇条書きで、とある三人分の発言が記されている。

『《怪盗》を《世界の敵》として認定する動きも今のところ政府にはないみたい』

『それが《特異点》であるあなたの使命でもあるのよ』

『あなたとて《虚空歴録《アカシックレコード》》の争奪戦なんてものに巻き込まれたくはないでしょう？』

それぞれ、ミア、リル、アイスドールの台詞だ。それらはさっき、俺が語った話の中に出てきた実際の発言だった。

――しかし。

「《虚空暦録》だけじゃない。調律者の一人であったという《怪盗》、そして君の体質だという《特異点》、私はそれらの言葉にまったく聞き覚えがなかった」

シエスタは考え込むような表情を浮かべ、ノエルも同調するように頷《うなず》く。さらには。

「あたしも、なんだよね。でも君塚《きみづか》の話の中のあたしは多分、それらを当然のように知っていた」

渚はその自分自身の認識の食い違いに首を捻《ひね》る。

「でも変なんだよ。さっきの君彦の話を聞いて、今も大きな矛盾は感じてない。そういえば昔《虚空暦録》だとか《特異点》だとか、そういう言葉や概念を知っていたような気もして、だけど言葉の意味は上手《うま》く思い出せなくて、今も詳しく説明はできない」

「私も渚と同じ。《虚空暦録》、《特異点》、《怪盗》……今は聞き馴染《なじ》みがない言葉のようで、だけど助手の語っていたその話が荒唐無稽だとも思えない。矛盾があるはずなのに筋が通っているような、無理矢理誰かにそう納得させられているような」

シエスタは天井の一点を見上げる。

自分をこうしたのは誰なのか、まるで見えない敵を探すように。

「君彦《きみひこ》様は、すべて覚えていらっしゃったのですか？」

するとノエルが語《かた》り部《べ》であった俺に訊《き》く。その質問が湧くのは当然だろう。

──けれど。

「いや、俺もずっと忘れていたんだと思う。ただ、これを触って思い出した」

俺が指を差したものを見て、他の三人は目を見開く。それはノエルがブルーノの形見として渡された祭具のようなオブジェだった。

「俺はこれに触れた瞬間、過去が見えた」

理屈は説明できない。

だがたとえるならば約一ヶ月前、《原典》に触れて未来の可能性を見た時のように。この青銅色をした謎の三角形の物質は、俺に欠けていた記憶と記録を取り戻させた。

「じゃあ、君彦はもうアカシックレコードの正体も？」

「いや、それはまだだ。俺が思い出したのは、あくまでもさっき語ったところまでに過ぎない」

つまりは《特異点》という体質の本質、《怪盗》と称される敵の正体、あるいは《虚空《アカシツク》暦録《レコード》》という世界の秘密について、そのすべてを思い出せたわけではない。

「俺もまだ多くを忘れたままだ」

いや、もう少し正確に言うならば、忘れていたというのも少し違う気がする。それこそ昔、シエスタの死の真相を忘れていたのとは感覚が微妙に異なる。《特異点》や《怪盗》や《虚空暦録》なる言葉とそれにまつわるエピソードを上手《うま》く思い出せないのに、なぜか記憶は正常に成り立っている。そう自然と思わされている。

今し方シエスタも言っていた通り、無理矢理《むりやり》その矛盾が……ひずみが調整されているかのようだった。

「でもなんで君彦だけが、これに触れたら思い出せたんだろう。やっぱりその《特異点》っていう体質のおかげ？」

「体質のせい、とも言い換えられそうだけどな」

渚《なぎさ》の仮説に俺は肩を竦《すく》める。過去の俺もどうやら完全には理解できていなかったらしい《特異点》という体質。あれから二年経《た》った今、俺は再びその設定に振り回されることになるようだ。

「でも助手がこの謎のオブジェを触って一定期間の記憶を思い出したということは、同じようなものがまだ世界にはあるのかもしれない」

「あ、そうだ。確か《白天狗《てんぐ》》も言ってたよね」

シエスタと渚が次々にヒントに気付く。

俺が語った話の中、百鬼夜行の主である《白天狗《てんぐ》》の言葉にはこうあった——世界には、過去や未来を記録するための装置が幾つかある、と。

もしかすると俺たちが忘れた記憶、あるいは失われた世界の記録は、ブルーノが遺《のこ》したこのオブジェクトのように、どこかに保管されているのかもしれない。

「これを見て」

するとシエスタが三角錐《さんかくすい》形のそれを持ち上げる。

「底面に四角い窪《くぼ》みがある。まるで立体パズルみたいだと思わない？」

「……ああ、同じようなパーツがまだどこかにあるってことだな」

シエスタは頷《うなず》く。

恐らくその欠けたピースを集めて組み合わせることで、この世界から失われた記録は復元される。ブルーノはその最初の一歩を俺たちに遺産として残したのだ。

「おじい様……」

ノエルはシエスタからそのオブジェを受け取り胸に抱く。

「現状、あたしたちの記憶は頼りにならない。頭脳も経験も、これまでの武器はきっと使えない。しかも戦う相手が誰なのかも分からない」

渚《なぎさ》が俺たちの置かれた状況をそう整理する。

であればこれから俺たちは——探偵と助手は、どうするべきなのか？

「だったら方針は決まったね」

白銀《しろがね》探偵事務所の所長、シエスタが立ち上がる。

窓辺に向かって歩いて行き、やがてこちらを振り返った。

「世界の秘密を解き明かす旅に出よう」

表情は微笑《ほほえ》み。俺たちはいつだって彼女に差し出された手に導かれて進んでいく。

「ああ、ちょうど日常に退屈し始めていたところだった」

俺が言うと夏凪《なつなぎ》渚も、やれやれと言わんばかりに、でもどこか楽しそうに立ち上がる。

「しょーがない！　これも探偵の仕事だもんね？」

最後に待つのは人造人間か、宇宙人か、吸血鬼か、それともまだ見ぬ敵か。

事件の種類《ジャンル》は不問。

これまでだって探偵は、闇鍋のようにない、まぜになった謎に挑んできた。

だが、しかし——究極のミステリとは畢竟《ひっきょう》、世界そのものに隠された謎を解き明かす物語を指すに違いない。

あとがき

ちょうど作中の季節と同じぐらいの時期にこのあとがきを書いています。寒いですね、二語十《にごじゅう》です。人と会わないので挨拶の仕方を忘れました。

まずは第八巻をお手に取っていただき、ありがとうございました！　そして読んでいただいた方はお分かりかと思いますが、この巻はいわゆるリローデッド回です。数ある《調律者》の役職の一つとして《魔法少女》のキャラクターを出すことは初期段階で決めていたのですが、作中でどこまで彼女の物語を詳細に描けるかは未知の領域でもありました。

ただ原作第五巻で初登場するにあたり、うみぼうず先生にリローデッドのキャラクターデザインをご依頼し……そのあまりに完成されたビジュアルを拝見しまして、これはなにがあってもしっかり描かなければいけないと思い、今回の第八巻でようやく彼女の物語を書くに至りました。

ライトノベルというのはやはり不思議な媒体だと思います。小説であっても文章だけでは到底成り立たず、自分一人だけの作品だとは口が裂けても言えない。イラストレーター、デザイナー、その他たくさんの方の技術と意図が加わってようやく一冊の本が形成される……それがなにより面白いなと自分は感じます。

そして複数のクリエイターの手によって作品が形作られるといえばやはりメディアミッ

クスでしょう。『探偵はもう、死んでいる。』はありがたいことに複数のコミカライズシリーズが存在し、またテレビアニメの放送もされました。アニメは第二期の制作も決定しており、まさに多くの方の尽力によって作品が大きく広がっているのを感じています。自分自身、コミックスやアニメから逆輸入のような形で影響を受け、原作シリーズに活かしている設定や演出なども数多くあります。

　そういう意味でこのシリーズは本当にたくさんの人の力を借りて成長することができていると感じていますし、なによりここまで刊行を続けることができているのも読者の皆様のおかげです。それ以外のなにものでもありません。……おんぶに抱っこですね、すみません。せめて力を貰《もら》っている身として、今後もより面白いものが書けるように頑張っていこうと思います。

　暗い世の中です。国内も、世界に目を向けても、悲しい出来事やネガティブなニュースに溢《あふ》れていて、なんだか息をするのも大変に思う日もあります。そんな中でエンターテイメントが果たせる役割とはなんなのか、日々考えながらライトノベルを書いています。「娯楽」は「衣食住」と違ってなくてはならないものではないけれど、今なお人々が求め続けている以上、なくならない理由はどこかにあるのだと思います。真面目な話ばかりで失礼しました。Twitter ではまた楽しい話をしましょう！

　最後に。次巻は遂に、彼の物語です。

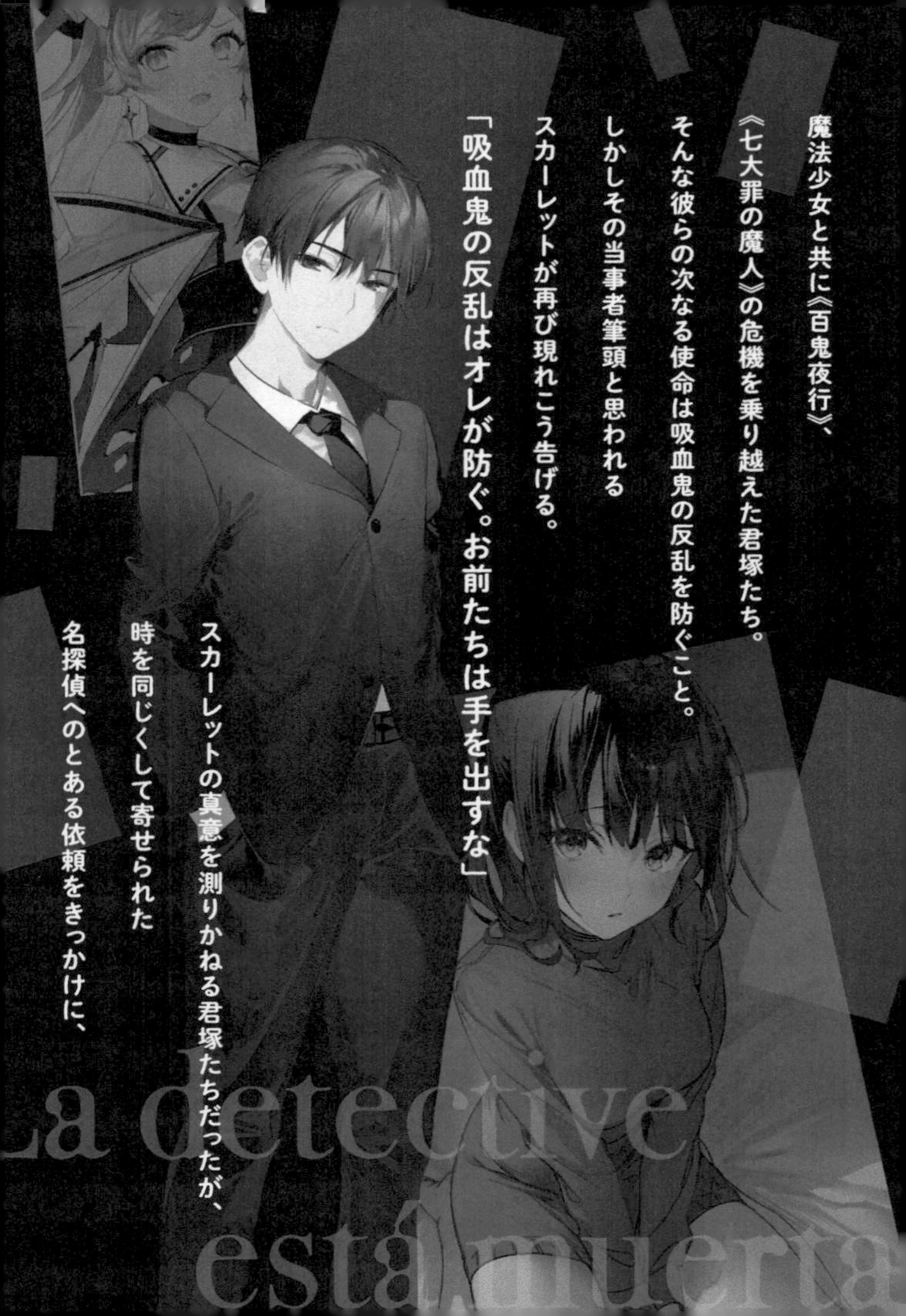
La detective
está muerta

魔法少女と共に《百鬼夜行》、
《七大罪の魔人》の危機を乗り越えた君塚たち。
そんな彼らの次なる使命は吸血鬼の反乱を防ぐこと。
しかしその当事者筆頭と思われる
スカーレットが再び現れこう告げる。
「吸血鬼の反乱はオレが防ぐ。お前たちは手を出すな」
スカーレットの真意を測りかねる君塚たちだったが、
時を同じくして寄せられた
名探偵へのとある依頼をきっかけに、

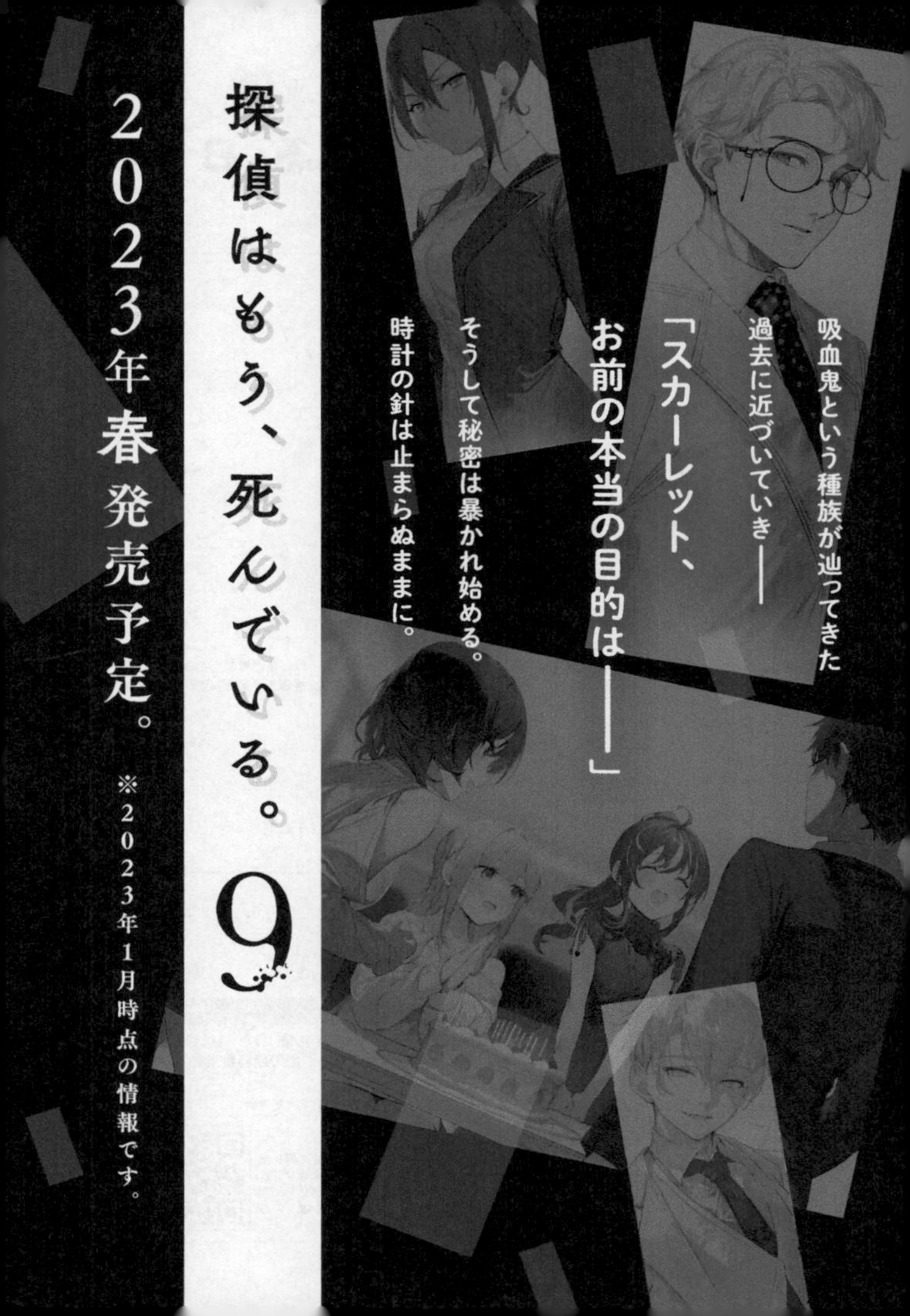
吸血鬼という種族が辿ってきた
過去に近づいていき――
「スカーレット、
お前の本当の目的は――」
そうして秘密は暴かれ始める。
時計の針は止まらぬままに。
探偵はもう、死んでいる。9
2023年春発売予定。
※2023年1月時点の情報です。

MF文庫J

探偵はもう、死んでいる。8

2023年1月25日　初版発行
2024年10月5日　5版発行

著者　二語十

発行者　山下直久

発行　株式会社KADOKAWA
〒102-8177 東京都千代田区富士見2-13-3
0570-002-301（ナビダイヤル）

印刷　株式会社KADOKAWA

製本　株式会社KADOKAWA

Printed in Japan　ISBN 978-4-04-682108-9 C0193

【 ファンレター、作品のご感想をお待ちしています 】
〒102-0071 東京都千代田区富士見2-13-12
株式会社KADOKAWA　MF文庫J編集部気付「二語十先生」係「うみぼうず先生」係